EVERYTHING, EVERYTHING

Pour mon mari, David Yoon, qui m'a révélé mon cœur.
Et pour ma belle et intelligente fille, qui l'a fait grandir.

Ouvrage originellement publié par Delacorte Press,
une division de Random House Children's Books /
Penguin Random House LLC, New York,
sous le titre : *Everything, everything*

Illustration de couverture : Good Wives and Warriors
Design de couverture : Natalie C. Sousa

ISBN : 978-2-7470-5278-8
Dépôt légal : avril 2016

Loi n° 49-956 du 16 juillet 1949 sur les publications destinées à la jeunesse.

Nicola Yoon

EVERYTHING, EVERYTHING

Traduit de l'anglais (États-Unis)
par Éric Chevreau
Illustrations de David Yoon

bayard

« Voici mon secret. Il est très simple :
on ne voit bien qu'avec le cœur.
L'essentiel est invisible pour les yeux. »

Antoine de Saint-Exupéry, *Le Petit Prince*

LA CHAMBRE BLANCHE

J'ai lu beaucoup plus de livres que vous. Peu importe combien vous en avez lu, j'en ai lu plus. Croyez-moi. J'ai eu tout le temps.

Dans ma chambre blanche, le long de mes murs blancs, sur mes étagères d'un blanc immaculé, mes livres apportent la seule touche de couleur. Ce sont toujours des éditions en grand format flambant neuves – pas de poches d'occasion pleins de germes chez moi ! Elles m'arrivent du Dehors décontaminées, emballées sous vide dans une couverture de plastique. J'aimerais bien voir la machine qui fait ça. J'imagine chaque livre glissant sur un tapis roulant tout blanc vers un poste de travail rectangulaire où des bras de robot l'époussètent, le frottent, le vaporisent, le stérilisent, jusqu'à ce qu'il soit assez propre pour m'être envoyé.

Chaque fois que je reçois un nouveau livre, ma première tâche consiste à l'extraire de son emballage, une opération qui implique une paire de ciseaux et plusieurs ongles cassés. Ma seconde tâche est d'écrire mon nom sur la page de titre.

CE LIVRE APPARTIENT À MADELINE WHITTIER

Je ne sais pas pourquoi je fais ça. Il n'y a personne d'autre ici que ma mère, qui ne lit jamais, et mon infirmière, Carla, qui n'a pas le temps de bouquiner, parce qu'elle est bien trop occupée à surveiller ma respiration. Personne ne me rend visite, et il n'y a donc personne à qui je puisse prêter mes livres. Personne à qui je doive rappeler que le livre qu'il ou elle a oublié sur son étagère est à moi.

Si vous trouvez ce livre, choisissez votre récompense (plusieurs réponses possibles) :

C'est la partie la plus longue à rédiger, et je change les réponses dans chaque ouvrage. Parfois, les récompenses sont un peu fantaisistes :

- Un pique-nique avec moi (Madeline) dans un champ plein de pollen de coquelicots, de lys et de pensées, sous un ciel d'été sans nuage.
- Un thé avec moi (Madeline) au sommet d'un phare perdu dans l'océan Atlantique, au beau milieu d'un ouragan.
- Une plongée en masque et tuba avec moi (Madeline) au large de l'île de Molokini à la recherche du poisson emblème de l'État d'Hawaï, le « baliste écharpe », également appelé « humuhumunukunukuapua'a ».

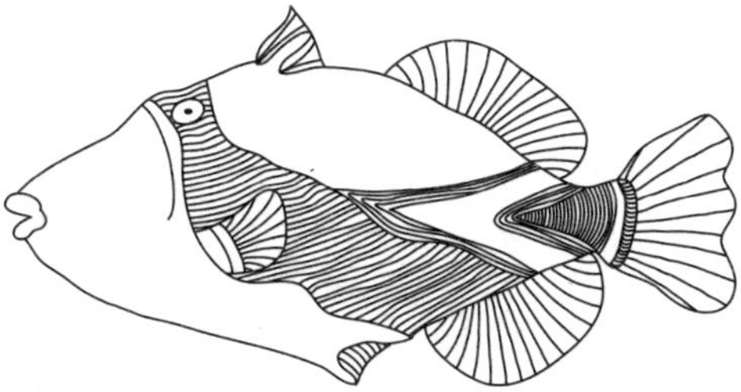

Parfois, les récompenses sont moins fantaisistes :

- Un tour avec moi (Madeline) dans une librairie d'occasion.
- Une promenade avec moi (Madeline), juste dans le quartier.
- Une discussion avec moi (Madeline) sur le sujet qui vous plaira, installés dans mon canapé blanc, dans ma chambre blanche.

Parfois, la récompense est tout simplement :
Moi (Madeline).

COMME UN DICS RAYÉ

Ma maladie est aussi rare que célèbre. C'est une forme de Déficit Immunitaire Combiné Sévère – ou DICS –, mais vous la connaissez sans doute sous le nom de « maladie de l'enfant-bulle ».

En gros, je suis allergique au monde. Un rien peut déclencher une crise. Ça peut être un composant chimique du détergent qui a servi à nettoyer la table que je viens de toucher. Ça peut être le parfum de quelqu'un. Ça peut être une épice dans le plat que je viens de manger. Ça peut être l'une de ces raisons ou toutes ces raisons, ou aucune, ou une autre complètement différente. Personne ne connaît les causes, mais tout le monde connaît les conséquences. D'après ma mère, j'ai failli mourir quand j'étais toute petite. Depuis, mon DICS me fait tourner en rond, comme un disque rayé. Je ne sors jamais de chez moi ; je n'ai pas mis un pied dehors en dix-sept ans.

FICHE
DE CONTRÔLE
JOURNALIER

Madeline Whittier

NOM DU PATIENT

2 Mai

DATE

Dr. Pauline Whittier

SOIGNANT

0002921

RESPIRATION PAR MINUTE

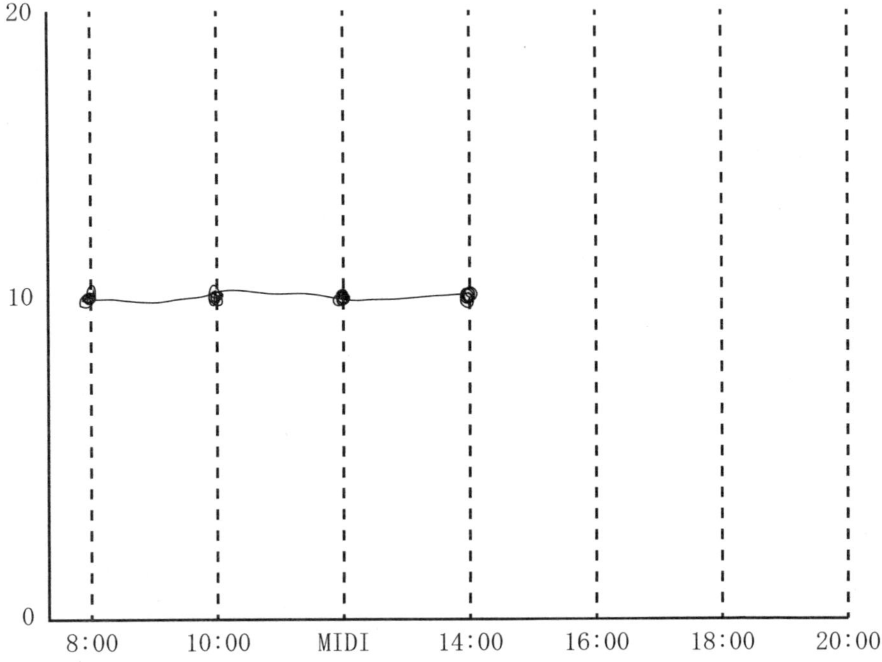

0002921

TEMPÉRATURE DE LA PIÈCE

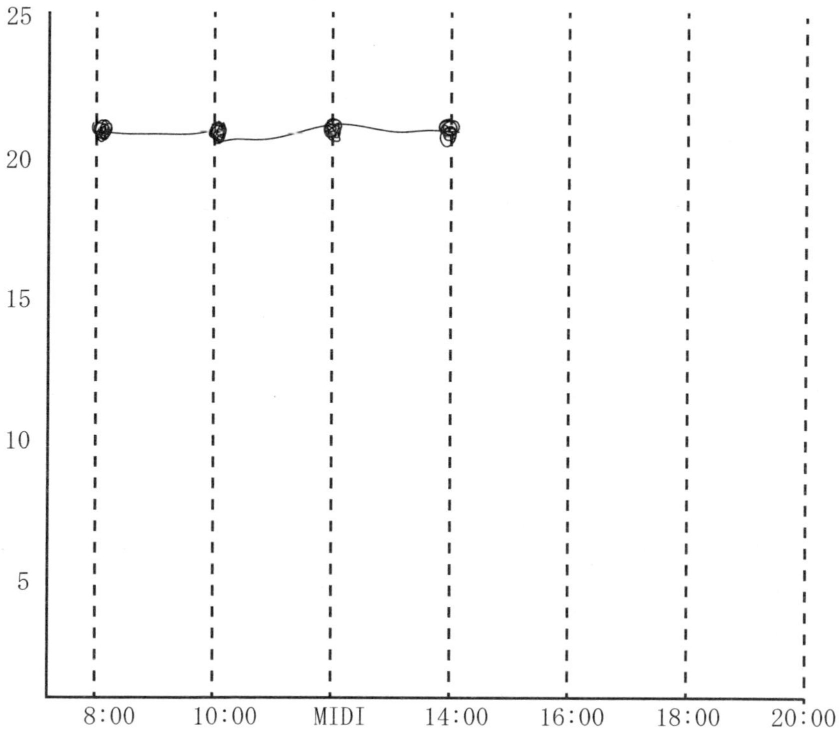

0002921

ÉTAT DU FILTRE À AIR

8:00	OK
9:00	OK
10:00	OK
11:00	OK
12:00	OK
13:00	OK
14:00	OK
15:00	
16:00	
17:00	
18:00	
19:00	
20:00	

0002921

VEU D'ANIVRSR

– Soirée film, Pictionary Juré-Craché, ou club lecture ? me demande ma mère en gonflant le brassard du tensiomètre passé autour de mon bras.

Elle ne propose pas notre activité préférée : le Scrabble phonétique. Je lève les yeux et constate qu'elle a un regard moqueur.

– Scrabble phonétique, dis-je.

Elle arrête de gonfler le brassard. D'habitude, c'est Carla, mon infirmière à plein temps, qui prend ma tension et remplit ma fiche de contrôle journalier, mais ma mère lui a donné un jour de congé. C'est mon anniversaire, et nous passons toujours cette journée ensemble, rien que toutes les deux.

Elle enfile le stéthoscope pour écouter mon cœur. Son sourire s'efface et laisse la place à son visage sérieux de médecin. C'est ce visage-là que doivent voir ses patients : légèrement distant, professionnel et concentré. Je me demande s'ils le trouvent rassurant. Sans réfléchir, je lui fais un bisou sur le front, juste pour lui rappeler que ce n'est que moi, sa patiente préférée, sa fille.

Elle relève les yeux, sourit et me caresse la joue. Je me dis que, quitte à naître avec une maladie qui nécessite des soins constants, autant avoir sa mère comme docteur.

Quelques secondes plus tard, elle reprend son expression « bonjour-je-suis-le-médecin-et-j'ai-une-très-mauvaise-nouvelle-à-vous-annoncer » pour me dire :

– Aujourd'hui, c'est ta journée. Tu ne voudrais pas qu'on joue à quelque chose où tu as une petite chance de gagner ? Au Pictionary Juré-Craché, par exemple ?

Comme on ne peut pas vraiment jouer au Pictionary normal à deux, nous avons inventé le « Pictionary Juré-Craché ». L'une de nous dessine, et l'autre promet « juré-craché » de faire tout son possible pour deviner ce que c'est. Si elle devine, l'autre marque un point.

Je fixe ma mère en plissant les yeux.

– On va jouer au Scrabble phonétique, et cette fois c'est moi qui vais gagner, dis-je, pleine d'assurance, comme si j'avais la moindre chance de remporter la partie.

Ce jeu-là aussi, nous l'avons inventé. Et, depuis toutes ces années où nous jouons au Scrabble phonétique – ou *Skrabl fonétik* –, je ne l'ai jamais battue.

La dernière fois, j'étais à deux doigts de gagner. Mais elle m'a écrabouillée avec son dernier mot, *DJAZ*, posé sur une case « mot compte triple ».

Elle secoue la tête avec un air de fausse pitié :

– OK… Comme tu veux…

Et elle ferme ses yeux rieurs pour mieux se concentrer sur le stéthoscope.

Nous passons le reste de la matinée à préparer mon traditionnel gâteau d'anniversaire : une génoise à la vanille avec un glaçage à la vanille. J'attends que le gâteau ait refroidi, puis j'y applique une couche de glaçage exagérément fine, tout juste suffisante pour le recouvrir. Ma mère et moi aimons les gâteaux, mais pas trop le glaçage. Comme décoration, je dessine dix-huit marguerites glacées, avec des pétales et un cœur blancs. Sur le côté, je façonne un drapé blanc.

– Parfait, dis-je.

– Exactement comme toi, répond ma mère en regardant par-dessus mon épaule, tandis que j'applique la dernière touche.

Je me tourne vers elle. Elle m'adresse un large sourire plein de fierté, mais ses yeux sont brillants de larmes.

– Tu. Es. Tragique ! dis-je en lui envoyant une bonne giclée de glaçage sur le nez, ce qui a pour résultat de la faire encore plus rire et pleurer en même temps.

D'habitude, elle n'est pas aussi émotive, mais mon anniversaire a toujours le don de la rendre à la fois pleurnicharde et euphorique. Et, quand elle est pleurnicharde et euphorique, je suis pleurnicharde et euphorique, moi aussi.

– Je sais, je suis complètement pathétique ! lâche-t-elle en levant les mains en un geste fataliste.

Elle m'attire contre elle et me serre très fort. Du glaçage atterrit dans mes cheveux.

Mon anniversaire est le jour de l'année où ma mère et moi vivons le plus durement ma maladie. C'est parce que nous prenons alors conscience du temps qui passe. Encore une année écoulée à être malade, sans espoir de guérison à l'horizon. Encore une année à passer à côté de toutes les choses normales de l'adolescence : permis de conduire, premier baiser, bal de promo, premier chagrin d'amour, première cuite. Encore une année pour maman à ne rien faire d'autre que travailler et s'occuper de moi. Le reste de l'année, nous n'avons pas trop de mal – moins de mal que ce jour-là, en tout cas – à ignorer tout ce que nous ratons.

Cette année est encore un peu plus dure que les autres. Peut-être parce que j'ai dix-huit ans. Techniquement, je suis une adulte. Je devrais quitter la maison, partir à la fac. Ma mère devrait être en train d'appréhender le syndrome du nid vide. Mais, avec le DICS, aucun risque que je m'en aille.

Plus tard dans la soirée, après le dîner, elle m'offre un magnifique assortiment de crayons à aquarelle, que j'avais noté sur ma liste de cadeaux il y a des mois. Nous passons au salon et nous nous asseyons en tailleur devant la table basse. Ça aussi, ça fait partie de notre rituel d'anniversaire. Elle allume une unique bougie au centre du gâteau. Je ferme les yeux et fais un vœu. Je souffle la bougie.

– C'est quoi, ton vœu ? me questionne-t-elle dès que j'ai rouvert les yeux.

Bien sûr, je ne peux souhaiter qu'une chose au monde : un traitement magique qui me permettrait de courir dehors, libre comme un animal sauvage. Mais je n'ai jamais fait ce vœu, parce qu'il est irréalisable. Ce serait comme d'espérer que les sirènes, les dragons et les licornes existent. Voilà pourquoi je souhaite autre chose. Quelque chose qui me paraît plus réaliste qu'un traitement. Quelque chose qui risque moins de nous attrister quand je lui répondrai.

– Qu'il y ait la paix dans le monde.

Trois morceaux de gâteau plus tard, nous commençons la partie de Scrabble phonétique. Je ne gagne pas. J'en suis même très loin.

Ma mère utilise ses sept lettres en posant *POKALIP* devant un *S*.

Je demande :

– C'est quoi, ça ?

– *Apocalypse*, répond-elle en roulant les yeux.

– N'importe quoi ! Non, maman, je ne peux pas te l'accorder !

– Si, se contente-t-elle d'ajouter.

– Mais, enfin, il manque un *A* au début ! Pas question !

– *POKALIPS* ! martèle-t-elle en montrant les lettres pour appuyer son effet. Ça marche parfaitement !

Je secoue la tête.

– *POKALIPS*..., insiste-t-elle encore en prononçant le mot d'un ton traînant.

– Oh, mon Dieu ! dis-je en levant les bras au ciel. Tu ne lâches jamais l'affaire ! Bon, ça va, je te l'accorde...

– Ouiiiii ! jubile-t-elle.

Elle brandit le poing en signe de triomphe et se moque de moi en notant son score désormais insurmontable.

– Tu n'as jamais vraiment compris ce jeu, conclut-elle. En fait, c'est un jeu de persuasion.

Je me coupe une autre part de gâteau en rétorquant :

– Ce n'est pas de la persuasion. C'est de la triche.

– C'est la même chose ! riposte-t-elle, et nous éclatons de rire toutes les deux. Demain, tu pourras me mettre la pâtée au Pictionary Juré-Craché.

Après ma défaite écrasante, nous nous installons sur le canapé pour regarder notre film préféré, *Frankenstein Junior*. Lui aussi fait partie du rituel d'anniversaire. Je pose la tête sur les genoux de ma mère, elle me caresse les cheveux, et nous rions aux mêmes blagues qui nous font rire depuis des années. Finalement, ce n'est pas la pire façon de fêter son dix-huitième anniversaire.

RIEN NE CHANGE

Le lendemain matin, je suis en train de lire sur mon canapé blanc quand Carla entre.

– *Feliz cumpleaños !* chantonne-t-elle.

J'abaisse mon livre.

– *Gracias.*

– Comment s'est passé ton anniversaire ?

Elle commence à déballer son matériel médical.

– On s'est bien amusées.

– Gâteau à la vanille avec glaçage vanille ?

– Évidemment.

– *Frankenstein Junior* ?

– Oui.

– Et tu as perdu à votre jeu ?

– On est si prévisibles que ça ?

– N'écoute pas ce que je raconte ! réplique-t-elle en riant. Vous êtes tellement mignonnes, ta maman et toi, que j'en suis jalouse.

Elle prend ma fiche de contrôle journalier, parcourt rapidement les informations notées par ma mère, et place une nouvelle feuille sur l'écritoire en soupirant :

– Ces temps-ci, Rosa ne daignerait même pas me donner l'heure.

Rosa est sa fille de dix-sept ans. D'après Carla, elles étaient très proches avant que les hormones et les garçons s'en mêlent. Je ne peux pas imaginer que ça nous arrive, à maman et moi.

Carla s'assoit à côté de moi sur le canapé, et je tends le bras pour qu'elle me mette le brassard du tensiomètre. Ses yeux se posent sur mon roman.

– Tu lis encore *Des fleurs pour Algernon* ? s'étonne-t-elle. Ce n'est pas ce livre qui te fait tout le temps pleurer ?

– Un jour, ça ne sera plus le cas, dis-je. Et, ce jour-là, je veux être sûre d'être en train de le lire.

Carla lève les yeux au ciel.

D'accord, j'ai esquivé sa question, mais je me demande s'il n'y avait pas du vrai dans ma réponse.

Peut-être que je m'accroche à l'espoir qu'un jour, les choses changeront.

LA VIE EST COURTE
(OU LA RUBRIQUE DU SPOIL, PAR MADELINE)

Des fleurs pour Algernon, de Daniel Keyes

Attention, spoiler :
Algernon est une souris.
La souris meurt.

L'INVASION DES EXTRATERRESTRES, DEUXIÈME PARTIE

J'en suis au passage où Charlie prend conscience qu'il connaîtra peut-être le même sort que la souris quand j'entends un grondement assourdissant au-dehors. Aussitôt, mon esprit s'évade dans l'espace. J'imagine un gigantesque vaisseau spatial en vol stationnaire au-dessus de nos têtes.

La maison tremble, et mes livres vibrent sur les étagères. Un *bip!* insistant accompagne le grondement. Je comprends de quoi il s'agit : un camion. Sans doute perdu, me dis-je en ravalant ma déception. Sans doute juste une erreur à un virage, qui l'a amené au mauvais endroit.

Mais soudain le moteur se coupe. Des portières claquent. Un moment de silence s'écoule, puis un autre, puis une voix de femme claironne :

– Bienvenue dans notre nouvelle maison !

Carla me regarde avec insistance. Je sais ce qu'elle pense.

Ça recommence.

LE JOURNAL DE MADELINE

5 août

La famille d'à côté a déménagé. Le garçon pleurait. Il s'est caché dans le jardin et a mangé de la terre jusqu'à ce que sa mère le trouve, mais elle ne lui a pas crié dessus comme elle fait d'habitude quand il mange de la terre. C'est très calme dehors, maintenant.

La nuit dernière,
j'ai rêvé qu'en fait,
ils n'avaient pas
déménagé. Ils avaient
été kidnappés par
des extraterrestres. Les
extraterrestres ne m'ont
pas emmenée parce que
je suis malade, et ils ne
veulent que des gens en
bonne santé. Ils ont
pris maman, Carla et

la famille d'à côté, et je me suis retrouvée toute seule.

Je me suis réveillée en larmes, et maman est venue s'allonger à côté de moi. Je ne lui ai pas raconté mon rêve, car ça lui aurait fait de la peine, mais je l'ai raconté à Carla et elle m'a serrée dans ses bras.

LE COMITÉ D'ACCUEIL

– Ça ne se passera pas comme la dernière fois, Carla, dis-je. Je n'ai plus huit ans.

– Je veux que tu me promettes…, commence-t-elle, mais je suis déjà à la fenêtre en train d'ouvrir les rideaux.

Je ne m'étais pas préparée à être accueillie par l'éclatant soleil de Californie. Je n'ai pas l'habitude de le voir, si haut et flamboyant, comme chauffé à blanc sur un fond de ciel délavé. Je suis aveuglée. Mais bientôt la brume blanche qui brouille ma vision commence à se dissiper. Tout est nimbé d'un halo.

Je vois le camion et la silhouette virevoltante d'une femme d'âge mûr : la mère. Je vois un homme à l'arrière du camion : le père. Je vois une fille, sans doute un peu plus jeune que moi : la sœur.

Puis je le vois, lui. Il est grand, mince, tout de noir vêtu : T-shirt noir, jean noir, baskets noires et bonnet de laine noire qui couvre complètement ses cheveux. Il a la peau blanche, avec un léger hâle couleur de miel, et des traits anguleux. Il saute de son perchoir derrière le camion, et il glisse dans l'allée avec tant de légèreté que les lois de la gravité ne semblent pas s'appliquer à lui de la même manière qu'aux autres. Il s'arrête, penche la tête sur le côté et considère sa nouvelle maison comme si c'était une énigme.

Au bout de quelques secondes, il se met à sautiller sur place. Soudain, il prend son élan et escalade les deux mètres de la façade. Il reste agrippé à un rebord de fenêtre un instant ou deux, puis se lâche pour atterrir en position accroupie.

– Pas mal, Olly ! le complimente sa mère.

– Je t'ai déjà dit d'arrêter de faire de genre de truc ! grogne son père.

Il les ignore tous les deux et reste accroupi.

J'appuie la paume de ma main contre la vitre, aussi essoufflée que si c'était moi qui avais effectué cette incroyable cascade. Mon regard se promène entre le garçon, le mur et le rebord de fenêtre, puis il retourne se poser sur le garçon. Il n'est plus accroupi. Il regarde vers moi. Nos yeux se croisent. Je me demande vaguement ce qu'il voit à cette fenêtre – une fille bizarre, tout en blanc, avec des yeux écarquillés ? Il me sourit, et son visage n'a plus la moindre trace d'austérité, de dureté. J'essaie de lui sourire aussi, mais je suis si troublée que je n'arrive qu'à froncer les sourcils.

MON BALLON BLANC

Cette nuit-là, je rêve que la maison respire avec moi. J'expire, et les murs se resserrent comme un ballon de baudruche, m'écrasant à mesure qu'il se dégonfle. J'inspire, et les murs se dilatent. Une respiration de plus, et ma vie va enfin, enfin éclater.

SURVEILLANCE DU VOISINAGE

<u>Emploi du temps de sa mère</u>

6:35 : Sort sous le porche avec une tasse de boisson chaude. Du café ?

6:36 : Regarde fixement le terrain vague en face, tout en sirotant sa boisson. Du thé ?

7:00 : Rentre chez elle.

7:15 : De retour sous le porche. Embrasse son mari pour lui dire au revoir. Regarde partir la voiture de celui-ci.

9:30 : Jardine. Cherche, trouve et jette des mégots de cigarettes.

13:00 : Quitte la maison en voiture. Courses ?

17:00 : Demande à Kara et Olly d'effectuer leurs corvées « avant que votre père ne rentre ».

<u>Emploi du temps de Kara (sa sœur)</u>

10:00 : Sort d'un pas lourd, chaussée de bottes noires et habillée d'un peignoir marronnasse.

10:01 : Consulte ses messages sur son téléphone. Reçoit beaucoup de messages.

10:06 : Fume trois cigarettes dans le jardinet entre nos deux maisons.

10:20 : Creuse un trou avec le bout de sa botte pour enterrer ses mégots.

10:25-17:00 : Envoie des SMS ou parle dans son portable.

17:00 : Corvées.

<u>Emploi du temps de son père</u>

7:15 : Part travailler.
18:00 : Rentre du travail.
18:20 : S'assoit sous le porche avec verre numéro 1.
18:30 : Entre dans la maison pour dîner.
19:00 : Retourne sous le porche avec verre numéro 2.
19:25 : Verre numéro 3.
19:45 : Commence à hurler sur sa famille.
22:35 : Arrête de hurler sur sa famille.

<u>Emploi du temps d'Olly</u>

Imprévisible.

J'ESPIONNE

Sa famille l'appelle Olly. Enfin, sa sœur et sa mère l'appellent Olly. Son père l'appelle Oliver.

C'est lui que j'observe le plus.

Sa chambre est au premier étage, pile en face de la mienne, et ses volets sont presque toujours ouverts.

Certains jours, il fait la grasse matinée jusqu'à midi. D'autres, il quitte sa chambre avant que je me réveille et commence à l'espionner. Mais, la plupart du temps, il se lève à 9 heures, sort par la fenêtre de sa chambre et grimpe sur le toit, le long de la gouttière, un peu comme Spiderman. Il y reste environ une heure avant de redescendre, balançant les jambes pour atterrir dans la pièce. J'ai beau essayer, je n'arrive pas à voir ce qu'il fait là-haut.

Sa chambre est presque vide. Il n'y a qu'un lit et une commode. Quelques cartons pas encore déballés qui s'entassent près de la porte. Aucune décoration, à l'exception de l'affiche d'un film intitulé *Jump London*. Je me suis un peu renseignée ; ça parle de « parkour », une sorte de gymnastique des rues, ce qui explique les incroyables cascades qu'il est capable de faire. Plus je l'observe, plus j'ai envie de découvrir des choses sur lui.

MENTEUSE

Je viens de m'asseoir à la table de la salle à manger pour dîner. Ma mère pose une serviette sur mes genoux et remplit mon verre d'eau, puis celui de Carla. Chez nous, les repas du vendredi soir sont spéciaux. Même Carla reste plus tard pour manger avec nous plutôt qu'avec sa propre famille.

Au Repas du Vendredi Soir, tout est français. Les serviettes sont en tissu blanc, brodées de fleurs de lys. Les couverts sont anciens et très décorés. Nous avons même une salière et une poivrière en argent, en forme de tour Eiffel. Bien sûr, nous devons faire attention au menu à cause de mes allergies, mais ma mère prépare toujours sa propre version du cassoulet. C'était le plat préféré de mon père. Le cassoulet de ma mère ne contient que des haricots blancs cuits dans du bouillon de poulet.

– Madeline, commence-t-elle, M. Waterman m'a dit que tu étais en retard pour ton devoir d'architecture. Est-ce que tout va bien, mon bébé ?

Sa question me surprend. Je sais que je suis en retard, mais, comme je ne l'ai encore jamais été, je ne pensais pas qu'elle surveillait ces choses-là.

– C'est le devoir qui est trop difficile ?

Elle fronce les sourcils en versant une louche de cassoulet dans mon bol.

– Tu veux que je trouve un autre professeur particulier ?

– *Oui, non et non*[1], dis-je pour répondre à ses questions dans l'ordre. Tout va bien. Je rendrai mon devoir demain, promis. Je n'ai pas vu le temps passer, c'est tout.

Elle hoche la tête, me coupe un morceau de baguette croustillante, qu'elle se met à beurrer. Je sais qu'elle a envie de me poser une autre question. Je sais même ce qu'elle veut me demander, et qu'elle a peur de la réponse.

– C'est à cause des nouveaux voisins ?

Carla m'adresse un coup d'œil perçant. Je n'ai jamais menti à ma mère. Je n'ai jamais eu de raison de lui mentir, et je ne suis pas sûre d'en être capable. Mais quelque chose me dit que c'est pourtant ce que je dois faire.

– J'ai juste été trop prise par mes lectures. Tu sais comment je suis quand je suis plongée dans un bon bouquin…

Je parle d'une voix aussi assurée que possible. Je ne veux pas qu'elle s'inquiète. Je lui cause déjà assez de soucis comme ça.

Comment appelle-t-on quelqu'un comme moi ? Ah oui, une *menteuse*[1].

1. En français dans le texte.

– Tu n'as pas faim ? me demande ma mère, quelques minutes plus tard.

Elle pose le dos de sa main sur mon front.

– En tout cas, tu n'as pas de fièvre.

Elle laisse la main sur mon front pendant un moment. Je m'apprête à dire quelque chose pour la rassurer quand la sonnette retentit. Ça arrive si rarement que je ne sais pas comment réagir.

On sonne à nouveau.

Ma mère se lève à moitié de sa chaise.

Carla, elle, se lève vraiment.

La sonnette retentit pour la troisième fois. Je souris sans raison.

– Vous voulez que j'y aille, madame ? demande Carla.

Ma mère l'ignore.

– Reste ici, me dit-elle.

Carla vient se positionner derrière moi, ses mains pressant doucement mes épaules. Je sais que je ne devrais pas bouger de là. C'est ce que je suis censée faire. Je devrais me rendre à l'évidence, mais aujourd'hui, bizarrement, je ne peux pas.

J'ai besoin de savoir qui c'est, même si ce n'est qu'un passant égaré.

Carla pose la main sur mon bras.

– Ta mère t'a dit de rester ici.

– Mais pourquoi ? Elle est vraiment trop prudente. De toute façon, elle ne laissera personne franchir le sas.

Alors, Carla se radoucit et me suit tandis que je me dirige vers l'entrée.

Le sas est une petite pièce fermée, collée à la porte d'entrée. Il est totalement hermétique, afin de bloquer toute contamination potentielle quand la porte est ouverte. Je pose l'oreille contre la paroi. D'abord, je n'entends rien d'autre que le ronron des filtres à air, puis je perçois une voix.

– Ma mère vous a préparé ce kouglof.

Une voix douce et grave, avec un ton amusé. Mon cerveau analyse le mot « kouglof », cherchant à m'en donner une image mentale, quand soudain je comprends qui est à la porte. Olly.

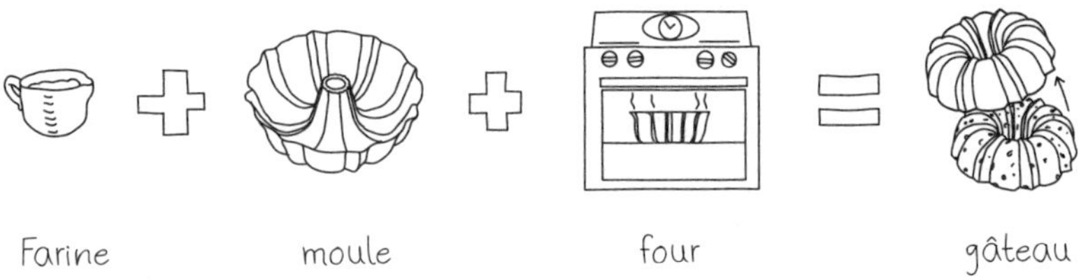

Le kouglof

– Le problème avec les kouglofs de ma mère, c'est qu'ils ne sont pas bons. Infâmes. Immangeables, en fait, et quasi indestructibles. Mais ça reste entre nous.

Une autre voix maintenant. Féminine. Sa sœur ?

– Chaque fois qu'on déménage, elle veut qu'on en apporte un aux voisins.

– Oh. Eh bien, en voilà une surprise ! C'est très gentil. Remerciez-la chaleureusement de ma part...

Aucune chance que ce kouglof passe le contrôle obligatoire, et je devine que ma mère cherche un moyen de refuser le gâteau sans rien leur révéler à mon sujet.

– … mais, malheureusement, je ne peux pas l'accepter. Je suis désolée.

S'ensuit un silence stupéfait.

– Vous voulez qu'on reparte avec ? demande Olly, incrédule.

– Eh ben, c'est pas très poli ! s'exclame Kara.

Elle semble à la fois fâchée et résignée, comme si elle s'était un peu attendue à être déçue.

– Je suis vraiment désolée, répète ma mère. C'est compliqué… Je suis d'autant plus navrée que c'est adorable de votre part et de celle de votre maman. Vraiment, s'il vous plaît, remerciez-la pour moi.

– Est-ce que votre fille est à la maison ? interroge Olly d'une voix forte, avant qu'elle ait pu fermer la porte. On espérait qu'elle accepterait de nous faire visiter le quartier.

Mon cœur s'accélère ; je sens ses battements contre mes côtes. Est-ce qu'il a vraiment demandé à me voir ? Aucun étranger ne m'a jamais rendu visite. À part ma mère, Carla et mes profs particuliers, c'est à peine si le monde est au courant que j'existe. Enfin, si : j'existe sur Internet. J'ai des amis en ligne et mon blog de critique littéraire, mais ce n'est pas pareil que d'être *une vraie personne*, qui peut recevoir la visite d'étranges garçons portant des kouglofs.

– Je suis désolée, mais c'est impossible. Bienvenue dans le quartier, et merci encore.

La porte claque, et je recule d'un pas en attendant ma mère. Elle doit rester dans le sas le temps que les filtres aient purifié l'air venant de l'extérieur. Au bout d'une minute, elle rentre dans la maison. Elle ne me remarque pas tout de suite. Elle se tient immobile, les yeux fermés, la tête légèrement baissée.

– Je suis désolée, dit-elle sans lever les yeux.

– Ça va, maman. Ne t'en fais pas.

Pour la millième fois, je constate à quel point ma maladie est dure à supporter pour elle. Cette vie-là est la seule que j'aie jamais connue, mais, avant moi, elle avait mon frère et mon père. Elle voyageait, jouait au foot. Elle avait une existence normale ; elle ne restait pas cloîtrée dans une bulle quatorze heures par jour avec une enfant malade.

Je me serre contre elle et la laisse se serrer contre moi pendant quelques minutes. Elle a encore plus de mal que moi à se remettre de cette déception.

– Je te revaudrai ça, murmure-t-elle.

– Tu ne me dois rien du tout.

– Je t'aime, ma chérie.

Nous retournons dans la salle à manger et finissons rapidement de dîner, sans parler ou presque. Carla s'en va, et ma mère me demande si je veux la battre au Pictionary Juré-Craché, mais je préfère remettre ça à plus tard. Je ne suis pas vraiment d'humeur.

Je monte à l'étage en essayant d'imaginer quel goût ça peut avoir, un kouglof.

REJET

Arrivée dans ma chambre, je vais directement à la fenêtre. Son père est rentré du travail, et quelque chose doit clocher parce qu'il est furieux, de plus en plus furieux à chaque seconde qui passe. Il arrache le kouglof des mains de Kara et le jette au visage d'Olly. Heureusement, Olly est rapide et agile ; il esquive le gâteau, qui atterrit sur le sol. Phénomène remarquable : le kouglof est indemne. Mais l'assiette explose dans l'allée, ce qui rend le père encore plus furieux.

– Nettoie ça ! Nettoie ça tout de suite !

Il rentre dans la maison en claquant la porte. Sa femme le suit. Kara regarde Olly en secouant la tête et dit quelque chose qui lui fait baisser les épaules. Il reste là, à contempler le gâteau pendant de longues minutes. Puis il disparaît à l'intérieur pour reparaître avec une balayette et une pelle. Il prend tout son temps, bien plus qu'il n'est nécessaire, pour ramasser les morceaux.

Quand il a fini, il grimpe sur le toit, emportant le kouglof avec lui, et une heure s'écoule encore avant qu'il regagne sa chambre.

Je suis cachée à ma place habituelle, derrière le rideau, quand, soudain, je n'ai plus envie de me cacher. Je vais allumer la lumière et retourne à la fenêtre. Je ne prends même pas la peine de respirer un bon coup. Ce n'est pas ça qui va m'aider. J'ouvre le rideau et constate qu'il est à sa fenêtre, lui aussi, en train de me fixer du regard. Il ne sourit pas. Il ne me fait pas signe. Il lève le bras et descend le store.

SURVIE

– Tu comptes bouder longtemps ? me demande Carla. Ça fait une semaine que tu es comme ça.

– Je ne boude pas, dis-je, même si c'est vrai que je boude un peu.

Le rejet d'Olly m'a fait redevenir une petite fille. Il m'a rappelé pourquoi j'avais arrêté de m'intéresser au monde.

Mais j'ai du mal à retourner à ma routine quotidienne avec tous les bruits du dehors qui me parviennent. Je remarque des choses auxquelles jusqu'ici, je prêtais à peine attention. J'entends le vent qui chatouille les feuilles des arbres. J'entends les commérages des oiseaux le matin. Je vois les rais de lumière qui filtrent à travers mes persiennes et parcourent ma chambre au fil de la journée. Grâce à eux, on peut calculer le temps qui passe. J'ai beau m'évertuer à mettre le monde à distance, il semble déterminé à entrer.

– Ça fait des jours que tu lis les mêmes cinq pages de ce roman !

Elle désigne du menton mon exemplaire de *Sa Majesté des mouches.*

– Oui, eh bien, ce livre est horrible !

– Je croyais que c'était un classique.

– C'est quand même horrible. Les garçons de cette histoire sont affreux, ils ne parlent que de chasser et de tuer des cochons. Je n'ai jamais eu autant envie de jambon de toute ma vie !

Elle rit, mais sans grande conviction. Elle s'assoit à côté de moi dans le canapé, et prend mes jambes sur ses genoux.

– Raconte, dit-elle.

Je pose mon livre et ferme les yeux.

– Je voudrais juste qu'ils s'en aillent. C'était moins difficile avant.

– Qu'est-ce qui était moins difficile ?

– Je ne sais pas. D'être moi. D'être malade.

Elle serre ma jambe.

– Écoute-moi bien, maintenant. Tu es la personne la plus forte, la plus courageuse que je connaisse. Tu peux me croire.

– Carla, tu n'es pas obligée de…

– Chut, écoute-moi ! J'y ai beaucoup pensé. Je comprends que cette nouvelle arrivée te pèse, mais je sais que tu vas t'en sortir.

– Je n'en suis pas si sûre.

– Si, ça va aller. J'en suis sûre pour nous deux. Nous vivons ensemble dans cette maison depuis quinze ans, alors je sais de quoi je parle. Quand je t'ai connue, j'ai cru que ce n'était qu'une question de temps avant que la dépression n'ait raison de toi. Et puis, il y a eu cet été où ça a bien failli arriver, mais tu t'en es sortie. Tous les jours, tu te lèves, et tu apprends de nouvelles choses. Tous les jours, tu trouves une raison d'être heureuse. Tous les jours, tu m'offres ton plus beau sourire. Tu t'inquiètes plus pour ta mère que pour toi.

Je ne crois pas que Carla ait jamais prononcé autant de mots à la suite.

– Ma Rosa, elle..., poursuit-elle avant de s'interrompre.

Elle se penche en arrière et ferme les yeux, en proie à une émotion que j'ai du mal à comprendre.

– Ma Rosa aurait une ou deux choses à apprendre de toi. Je lui ai donné tout ce que j'ai pu, et elle croit qu'elle n'a rien.

Je souris. Carla se plaint toujours de sa fille, mais je suis certaine qu'elle la gâte énormément.

Elle ouvre les yeux, et ce qui la tracassait s'est envolé.

– Tu vois, tu souris encore ! me dit-elle en me tapotant la jambe. La vie est dure, trésor. Chacun fait ce qu'il peut.

LA VIE EST COURTE
(OU LA RUBRIQUE DU SPOIL, PAR MADELINE)

Sa Majesté des mouches, de William Golding

Attention, spoiler :
Les garçons sont des sauvages.

PREMIER CONTACT

Deux jours ont passé, et je ne boude plus. J'ai presque réussi à oublier mes voisins quand, tout à coup, j'entends un *ping !* venu du dehors. Je suis sur mon canapé, toujours embourbée dans *Sa Majesté des mouches*. Heureusement, j'ai presque fini. Ralph est sur la plage, attendant une mort violente. Je suis si impatiente de terminer ce livre pour passer à un autre – plus gai – que je ne fais pas attention au bruit. Quelques minutes plus tard retentit un autre *ping !*, plus fort cette fois. Je pose le livre et tends l'oreille. Les *ping !* numéros trois, quatre et cinq suivent rapidement. Quelque chose frappe ma vitre. De la grêle ? Avant même de penser à ce que je fais, je suis à la fenêtre et je tire le rideau.

Celle d'Olly est grande ouverte, le store est levé, et il n'y a pas de lumière dans sa chambre. L'indestructible kouglof repose sur le rebord de la fenêtre. Quelqu'un l'a affublé d'une paire d'yeux autocollants, qui sont plantés dans les miens. Le gâteau se penche en avant, tremblant, comme s'il évaluait la distance qui le sépare du sol. Il recule en tremblant de plus belle. J'essaie d'apercevoir Olly tapi dans l'obscurité de sa chambre lorsque, soudain, le kouglof saute du rebord de la fenêtre et plonge vers le sol.

Je retiens mon souffle. Le gâteau s'est-il suicidé ? Je me démanche le cou pour voir ce qu'il est devenu, mais il fait trop sombre.

C'est alors qu'un faisceau lumineux éclaire le gâteau. Aussi incroyable que cela puisse paraître, il est toujours intact. Mais avec quels ingrédients cette chose a-t-elle été faite ? Heureusement que je n'y ai pas goûté…

La lumière s'éteint. Je lève les yeux juste à temps pour entrevoir la main gantée de noir d'Olly et sa lampe-torche, qui s'éloignent de la fenêtre. Je reste plantée là quelques minutes, attendant qu'il revienne. Mais il ne revient pas.

DEUXIÈME NUIT

Je viens juste de me mettre au lit quand les *ping !* reprennent. J'ai décidé de l'ignorer, et c'est ce que je fais. Peu importe ce qu'il veut, ça m'est interdit. Mieux vaut ne pas savoir.

Je ne m'approche pas de la fenêtre, ni cette nuit-là, ni la suivante.

QUATRIÈME NUIT

Je ne tiens plus. Je soulève un coin du rideau pour jeter un œil.

Le kouglof est installé sur le rebord de la fenêtre, à moitié couvert de pansements et de bandages. Je ne vois Olly nulle part.

CINQUIÈME NUIT

Le kouglof est sur une table près de la fenêtre. Il y a un verre à Martini rempli d'un liquide vert, un paquet de cigarettes, et un flacon de pilules avec une tête de mort et deux os croisés sur l'étiquette. Une autre tentative de suicide ?

Toujours aucun signe d'Olly.

SIXIÈME NUIT

Le kouglof est allongé sur un drap blanc. Au-dessus de lui pend une bouteille renversée et fixée à ce qui semble être un portemanteau. Une ficelle relie la bouteille au kouglof, comme une perfusion. Olly apparaît, portant une blouse blanche et un stéthoscope. Les sourcils froncés, il écoute les battements de cœur du kouglof. Puis il lève les yeux et secoue la tête d'un air grave. Je referme les rideaux, réprimant un sourire, et je m'éloigne de la fenêtre.

SEPTIÈME NUIT

Je me suis promis de ne pas regarder, mais, à la seconde où retentit le premier *ping !* je suis à ma fenêtre. Olly porte une sortie de bain noire, et une immense croix en argent autour du cou. Il donne l'extrême-onction au kouglof.

Je n'arrive plus à me retenir. Je ris, encore, encore et encore. Il me regarde et me sourit. Puis il prend un feutre noir dans sa poche et écrit sur la vitre :

DÉSOLÉ POUR L'AUTRE NUIT
GENERICUSER033@GMAIL.COM

PREMIER CONTACT, DEUXIÈME PARTIE

De : Madeline F. Whittier
À : genericuser033@gmail.com
Objet : Salut
Envoyé le : 4 juin, 20:03

Salut. Je suppose qu'il faut commencer par des présentations ? Je m'appelle Madeline Whittier mais tu l'auras compris en voyant mon adresse e-mail. Et toi, comment tu t'appelles ?
Madeline Whittier
P.S. Tu n'as aucune raison de t'excuser.
P.P.S. Y a quoi, dans ce kouglof ?!

De : genericuser033@gmail.com
À : Madeline F. Whittier
Objet : Re : Salut
Envoyé le : 4 juin, 20:07

tu es une très mauvaise espionne madeline whittier si tu n'as pas encore réussi à trouver mon nom. ma sœur et moi avons essayé de te rencontrer la semaine dernière mais ta mère n'était pas d'accord. je ne sais pas du tout ce qu'il y a dans ce kouglof. des pierres ?

De : Madeline F. Whittier
À : genericuser033@gmail.com
Objet : Re : Re : Salut
Envoyé le : 4 juin, 20:11

Salut,
Recette du kouglof

500 g de ciment
200 g de sciure de bois
150 g de gravier (composé de cailloux de différentes tailles pour un résultat plus intéressant)
Une demi-cuillerée à café de sel
150 g de super-glu
Deux plaques de beurre doux
3 cuillerées à café de diluant pour peinture
4 gros œufs (à température ambiante)

PRÉPARATION

Préchauffez votre four à 350 °C

Graissez le moule à kouglof

Pour le gâteau :

Dans un bol moyen, mélangez le ciment, le sel et le gravier.

Dans un grand bol, battez ensemble le beurre, la super-glu, le diluant pour peinture et les œufs.

Ajoutez peu à peu les ingrédients secs par poignées.

Versez la préparation dans le moule à kouglof.

Faites cuire jusqu'à ce que le couteau introduit dans le gâteau refuse d'en sortir, puis laissez refroidir sur une grille.

Pour le glaçage :

Battez ensemble la sciure de bois et assez d'eau pour former un glaçage épais mais facile à étaler.

Déposez la grille soutenant le gâteau sur du papier sulfurisé (pour un nettoyage facile).

Recouvrez le gâteau de glaçage et attendez que ce soit solidifié avant de servir.

(Pour 0 personne)

Madeline Whittier

P.S. Je ne suis pas une espionne !

PREMIER CONTACT, TROISIÈME PARTIE

Mercredi, 20:15

Olly : j'allais te répondre par mail mais j'ai vu que tu étais en ligne. ta recette m'a fait trop marrer. est-ce qu'il y a déjà eu dans toute l'histoire de l'espionnage un seul espion qui a reconnu être un espion ? je ne crois pas. je m'appelle olly et je suis content de faire ta connaissance

Olly : le f de ton adresse e-mail, c'est pour quoi ?

Madeline : Furukawa. Ma mère est nippo-américaine, 3e génération. Je suis à moitié japonaise.

Olly : et l'autre moitié ?

Madeline : Afro-américaine.

Olly : tu as un surnom madeline furukawa whittier ou je dois t'appeler madeline furukawa whittier ?

Madeline : Je n'ai pas de surnom. Tout le monde m'appelle Madeline. Parfois, ma mère m'appelle mon bébé ou ma chérie. Est-ce que ça compte ?

Olly : bien sûr que non ça ne compte pas. personne ne t'appelle mad ou maddy, ou maddy-mad-mad-mad ? je vais t'en choisir un
Olly : maintenant qu'on est copains

Jeudi, 20:19

Madeline : Puisqu'on est copains, j'ai des questions. D'où viens-tu ? Pourquoi portes-tu tout le temps une casquette ? Est-ce que ton crâne a une drôle de forme ? Pourquoi ne mets-tu que du noir ? Question annexe : es-tu au courant qu'il existe des vêtements dans d'autres couleurs ? Je peux te conseiller, si tu veux. Que fais-tu quand tu vas sur le toit ? C'est quoi, le tatouage sur ton bras droit ?
Olly : ça tombe bien moi j'ai des réponses. on a vécu un peu partout mais surtout sur la côte est. je me suis rasé la tête juste avant qu'on emménage ici (grave erreur). oui. parce que je suis super sexy en noir. oui. pas besoin de tes conseils merci. rien. un code-barres
Madeline : Tu es fâché avec les majuscules et la ponctuation ?
Olly : pourquoi tu dis ça
Madeline : Je dois y aller. Désolée !

Vendredi, 20:34

Olly : alors pour combien de temps tu es punie ?
Madeline : Je ne suis pas punie. Pourquoi tu penses que je suis punie ?
Olly : ben tu t'es déconnectée super vite hier soir. j'imagine que c'était à cause de ta mère. crois-moi je suis un

pro de la punition. et puis tu ne sors jamais de chez toi. je ne t'ai pas vue une seule fois dehors depuis que je suis là

Madeline : Je suis désolée. Je ne sais pas quoi dire. Je ne suis pas punie, mais je ne peux pas quitter la maison.

Olly : très mystérieux. est-ce que tu es un fantôme ? c'est ce que j'ai pensé le jour où on a emménagé et où je t'ai vue à la fenêtre. ça serait bien ma veine que la jolie fille d'à côté soit morte

Madeline : D'abord j'étais une espionne, maintenant je suis un fantôme !

Olly : donc pas un fantôme ? une princesse de conte de fées alors ? laquelle ? cendrillon ? est-ce que tu vas te transformer en citrouille si tu sors de chez toi ?

Olly : ou raiponce ? tu as les cheveux plutôt longs. laisse-les pendre et je grimperai pour te sauver

Madeline : Je me suis toujours dit que ça ne devait pas être très pratique, et plutôt douloureux. Tu n'es pas d'accord ?

Olly : si. donc ni cendrillon ni raiponce. blanche-neige alors. ta méchante belle-mère t'a ensorcelée pour que tu ne puisses pas quitter la maison et que le monde ne sache jamais à quel point tu es belle

Madeline : Ce n'est pas ça, la vraie histoire. Tu savais que, dans la version originale, ce n'est pas une méchante belle-mère mais une méchante mère ? Tu y crois, toi ? Et il n'y avait pas de nains. Intéressant, n'est-ce pas ?

Olly : pas du tout

Madeline : Je ne suis pas une princesse.

Madeline : Et je n'ai pas besoin d'être sauvée.

Olly : ça me va. je ne suis pas un prince

Madeline : Tu me trouves jolie ?

Olly : pour une princesse espionne et fantôme de conte de fées ? absolument

Samedi, 20:01

Olly : pourquoi tu ne te connectes jamais avant 20h ?

Madeline : Je ne suis pas souvent seule avant.

Olly : il y a quelqu'un avec toi toute la journée ?

Madeline : On peut éviter le sujet, stp ?

Olly : de plus en plus mystérieuse madeline whittier

Dimanche, 20:22

Olly : je te propose un jeu. les cinq préférés sans réfléchir. livre mot couleur vice personne

Olly : allez allez plus vite mademoiselle. ne réfléchis pas tape

Madeline : m…ince ! Le Petit Prince. Onctueux. Aigue-marine. Je n'en ai pas. Ma mère.

Olly : tout le monde a des vices

Madeline : Pas moi. Pourquoi ? Tu en as combien ?

Olly : assez pour en choisir un préféré

Madeline : OK, à toi.

Olly : même liste ?

Madeline : Oui.

Olly : sa majesté des mouches. macabre. noir. voler de l'argenterie. ma sœur

Madeline : Sa Majesté des mouches ? Pouah ! Je ne pense pas qu'on puisse être amis. Ce livre est affreux.

Olly : qu'est-ce qui est si affreux ?
Madeline : Tout !
Olly : tu n'aimes pas simplement parce que c'est vrai
Madeline : Qu'est-ce qui est vrai ? Que, livrés à nous-mêmes, on s'entretuerait ?
Olly : oui
Madeline : Tu crois vraiment ?
Olly : oui
Madeline : Eh bien, pas moi. Absolument pas.
Madeline : Tu voles vraiment de l'argenterie ?
Olly : tu devrais voir ma collection de petites cuillères

Lundi, 20:07
Olly : tu as fait quoi pour être punie à ce point ?
Madeline : Je ne suis pas punie et je ne veux pas en parler.
Olly : ça a un rapport avec un mec ?
Olly : t'es en cloque ? t'as un petit ami ?
Madeline : Oh, mon Dieu, t'es malade ! Je ne suis pas enceinte et je n'ai pas de petit ami ! Pour quel genre de fille tu me prends ?
Olly : le genre mystérieux
Madeline : Ça fait longtemps que tu penses que je suis enceinte ?
Madeline : Hé oh ?!
Olly : ça m'a traversé l'esprit une fois ou deux ou quinze
Madeline : Incroyable.
Olly : tu veux savoir si j'ai une petite amie ?
Madeline : Non.

Mardi, 20:18

Madeline : Salut !

Olly : salut

Madeline : Je me demandais si tu allais te connecter ce soir. Ça va ?

Olly : très bien

Madeline : Qu'est-ce qui s'est passé ? Pourquoi il était si en colère ?

Olly : je ne sais pas de quoi tu parles

Madeline : Ton père. Pourquoi il était si en colère ?

Olly : tu as tes secrets j'ai les miens

Madeline : OK.

Olly : ok

Mercredi, 3:31

Olly : tu n'arrives pas à dormir ?

Madeline : Non.

Olly : moi non plus. cinq préférés sans réfléchir film nourriture partie du corps matière scolaire

Madeline : Ça fait quatre. Et il est trop tard pour ça. Je n'arrive plus à penser.

Olly : j'attends

Madeline : Orgueil et préjugés (la version de la BBC en 1995), tartines, mains, architecture.

Olly : pitié. est-ce qu'il y a une seule fille sur cette planète qui n'aime pas m. darcy ?

Madeline : Toutes les filles aiment M. Darcy ?

Olly : tu plaisantes ? même ma sœur aime m. darcy alors qu'elle n'aime personne

Madeline : Elle doit bien aimer quelqu'un. Je suis sûre qu'elle t'aime.

Olly : qu'est-ce qu'il a de si génial ce darcy ?

Madeline : Tu ne poses pas cette question sérieusement ?!

Olly : c'est un snob

Madeline : Mais il surmonte son snobisme et finit par comprendre que la personnalité compte plus que les origines ! C'est un homme qui retient les leçons de la vie ! Et puis, il est complètement canon, et généreux, et sombre, et rêveur, et poétique. J'ai dit qu'il était canon ? Et il aime Elizabeth au-delà de toute mesure.

Olly : Mmm

Madeline : Eh oui.

Olly : à moi ?

Madeline : Vas-y.

Olly : godzilla, tartines, yeux, maths. attends... la partie du corps, c'est sur soi ou quelqu'un d'autre ?

Madeline : Je n'en sais rien ! C'est ta liste !

Olly : ah ouais. d'accord je garde les yeux

Madeline : Ils sont de quelle couleur, tes yeux ?

Olly : bleus

Madeline : Sois plus précis, stp.

Olly : oh les filles. bleu océan

Madeline : Atlantique ou Pacifique ?

Olly : atlantique. et toi, tes yeux, quelle couleur ?

Madeline : Chocolat.

Madeline : Chocolat noir 75% de cacao.

Olly : hé hé joli

Madeline : Ça ne fait toujours que quatre préférés. Il en manque un.
Olly : je te laisse le choix
Madeline : Forme poétique.
Olly : faudrait déjà que j'en aie une
Madeline : Allez, tu n'es pas inculte.
Olly : les contrepèteries
Madeline : Tu es inculte. Je vais faire semblant que tu n'as jamais écrit ça.
Olly : c'est quoi le problème avec une bonne contrepèterie ?
Madeline : Une « bonne contrepèterie » ? C'est un oxymore !
Olly : et c'est quoi ta forme poétique préférée ?
Madeline : Le haïku.
Olly : c'est nul les haïkus. avec les contrepèteries au moins faut réfléchir pour comprendre
Madeline : Tu viens de dégringoler du statut d'inculte au statut de barbare.
Olly : c'est noté
Madeline : Bon, je devrais dormir.
Olly : moi aussi

Jeudi, 20:00

Madeline : Je n'aurais pas imaginé que les maths étaient ta matière préférée.
Olly : pourquoi pas ?
Madeline : Je ne sais pas. Tu escalades les bâtiments et sautes au-dessus des trucs. La plupart des gens sont

bons avec leur corps ou avec leur cervelle, mais pas les deux.

Olly : c'est une façon polie de me dire que j'ai l'air idiot ?

Madeline : Non ! Enfin, ce n'est pas ce que j'ai voulu dire.

Olly : tu veux plutôt dire que je suis trop sexy pour être bon en maths. ça me va on me le dit souvent

Madeline : ...

Olly : c'est juste une question de pratique comme pour tout. il y a deux ans j'ai gagné le concours de maths de mon bahut, je te ferais dire. un problème de probabilités ou de statistiques ? je suis ton homme

Madeline : Non ?!

Olly : si !

Madeline : Trop sexy !

Olly : j'ai l'impression que ce n'est pas sincère

Madeline : Si !

Olly : non

Madeline : ☺ Donc, tu crois que tu deviendras un grand mathématicien ?

Olly : je ne pense pas non

Olly : mon père m'a fait arrêter le club de maths. il voulait que je fasse quelque chose de plus viril comme le foot par exemple

Madeline : Tu joues au foot ?

Olly : non. il m'a fait arrêter les maths mais il n'a pas réussi à convaincre l'entraîneur de foot de me recruter en plein milieu de saison. finalement il a laissé tomber

Madeline : Et s'il remet ça sur le tapis ?

Olly : c'est un peu plus dur de m'obliger à faire des choses maintenant qu'il y a deux ans
Olly : je suis plus méchant et plus costaud
Madeline : Tu n'as pas l'air méchant.
Olly : tu ne me connais pas encore si bien

Vendredi 3:03
Madeline : Encore réveillé ?
Olly : oui
Madeline : Je sais que tu ne veux pas en parler.
Olly : et pourtant…
Madeline : J'ai vu ce qui s'est passé aujourd'hui. Ta mère va bien ?
Olly : ça va. ce n'est pas la première fois. ni la dernière
Madeline : Je suis désolée…
Olly : pas de je suis désolée avec moi, stp
Olly : raconte-moi plutôt quelque chose, n'importe quoi. quelque chose de marrant
Madeline : OK. Pourquoi un gars est-il surpris de voir du céleri lui pousser dans les narines ?
Olly : pourquoi ?
Madeline : Parce qu'il avait planté du maïs.
Madeline : Euh… y a quelqu'un ?
Olly : oh là là cette blague est nulle
Madeline : Mais elle t'a quand même fait sourire.
Olly : oui c'est vrai
Olly : merci
Madeline : Quand tu veux.

Samedi, 20:01

Olly : j'imagine que je ne te verrai pas en vrai avant la rentrée ?

Madeline : Je ne vais pas au lycée.

Olly : ah bon ? déjà à la fac ?

Madeline : Non. Dans aucune école. Je suis les cours par correspondance.

Olly : pourquoi ?

Madeline : Je ne peux vraiment pas en parler.

Olly : allez, quoi. tu dois m'aider un peu, là

Madeline : Je veux qu'on soit amis. Je ne veux pas que tu aies pitié de moi.

Olly : dis-moi c'est tout. on sera encore amis

Madeline : Je suis malade.

Olly : malade comment ?

Madeline : Vraiment malade. Malade à ne pas pouvoir mettre le nez dehors.

Olly : nom de dieu

Olly : tu vas mourir ?

Madeline : Pas tout de suite, non.

Olly : bientôt ?

Madeline : Si je quittais la maison, oui.

Olly : ok

Olly : on est encore amis, je n'ai pas pitié de toi

Madeline : Merci.

Olly : comment ça marche l'école par correspondance ?

Madeline : Tous mes cours sont sur Skype. J'ai des devoirs, des contrôles, des notes. Beaucoup de gens sont scolarisés à domicile.

Olly : hum, cool

Olly : t'as déjà remarqué que de nombreux finalistes aux concours d'orthographe sont scolarisés chez eux ?

Madeline : Jamais remarqué, non.

Olly : c'est véridique

Olly : je voudrais qu'on puisse se rencontrer

Madeline : Moi aussi.

Madeline : Bon, je dois y aller, maintenant.

Olly : vas-y alors

Olly : toujours là ?

Madeline : Oui.

Olly : va à la fenêtre

Madeline : Maintenant ? Je suis en chemise de nuit.

Olly : enfile une robe de chambre. va à la fenêtre que je puisse te voir

Madeline : OK, j'y vais tout de suite. Bonne nuit, Olly.

Olly : bonne nuit maddy

LE REPAS DE L'ASTRONAUTE

– M. Waterman monte te voir, me dit Carla depuis la porte.

Je suis enfin en train de mettre la touche finale à ma maquette pour le cours d'architecture. J'ai dû abréger deux nuits de tchat avec Olly pour en venir à bout. Je ne veux pas que ma mère s'inquiète de nouveau. Pour ce devoir, je devais imaginer un centre commercial et de restauration à ciel ouvert, dans le style architectural de mon choix. J'ai pris l'art déco, parce que je trouve que les bâtiments ont l'air prêts à s'envoler.

Au cœur de ce complexe, j'ai imaginé une terrasse avec un sol en gazon et d'immenses chaises aux formes bizarres, décorées de motifs en zigzag de couleurs vives. J'ai déjà « planté » dans l'herbe des palmiers en plastique miniatures, et à présent je place des personnages en plastique miniatures portant des sacs de courses en plastique miniatures de façon stratégique, de sorte à donner à la scène « l'énergie de la vie », comme dirait M. Waterman.

En deux ans de cours particuliers, je ne l'ai rencontré qu'à deux reprises. D'habitude, tous mes cours, y compris ceux d'architecture, se déroulent via Skype. Cette semaine, ma mère fait une exception. Je pense qu'elle se sent encore mal à cause de la visite de Kara et Olly, il y a quinze jours. Je lui ai dit qu'elle n'avait pas à s'en faire, mais elle a insisté. Recevoir un visiteur, c'est toute une affaire, car il doit accepter que l'on vérifie ses antécédents de santé et de passer une visite médicale approfondie. Il doit également être décontaminé, c'est-à-dire passé sous un puissant jet d'air pendant une heure environ. C'est une véritable épreuve de venir me voir.

M. Waterman déboule dans la pièce, l'air joyeux mais débordé, comme le père Noël un 24 décembre avant de monter sur son traîneau. Le processus de décontamination lui a donné froid, il se frotte les mains et souffle dessus pour se réchauffer. Puis les frappe l'une contre l'autre en me saluant joyeusement :

– Bonjour, Madeline !

De tous mes profs, c'est mon préféré. Il ne me regarde jamais avec des yeux de pitié, et il aime sa matière autant que moi. Si j'étais destinée à devenir quelque chose quand je serai grande, ce serait architecte.

– Bonjour, monsieur Waterman.

J'ai un sourire gêné, je ne sais pas vraiment comment me comporter en présence d'une personne qui n'est ni ma mère ni Carla.

– Eh bien, qu'avons-nous là ? demande-t-il, ses yeux pétillant de malice.

Je pose mes deux derniers « clients miniatures » devant un magasin de jouets, et je recule d'un pas.

Il tourne autour de ma maquette pour l'observer, tantôt affichant un sourire radieux, tantôt fronçant les sourcils, et faisant tout le temps claquer sa langue contre son palais.

– Eh bien, ma chère, vous vous êtes surpassée ! C'est très joli !

Il se redresse et s'apprête à me tapoter l'épaule avant de se raviser. Aucun contact physique autorisé. Il secoue doucement la tête, puis se penche à nouveau pour continuer à examiner ma maquette.

– Oui, oui, vraiment joli ! Il n'y a que quelques petites choses à revoir. Mais d'abord ! Où s'est caché notre astronaute ?

Chaque fois que je conçois une nouvelle maquette, je fabrique une figurine d'astronaute en argile, que je cache dedans. Chaque figurine est différente. Cette fois, l'astronaute porte un scaphandre intégral, avec un casque hermétique et un réservoir à oxygène, et il est assis au restaurant

devant une table encombrée de nourriture. Je lui ai préparé des banana splits miniatures, une montagne de pancakes aux myrtilles, des œufs brouillés, des tartines au beurre et à la confiture, du bacon, des milkshakes (fraise, chocolat et vanille), des cheeseburgers et des frites. Je voulais que les frites soient en forme de tire-bouchon, mais j'ai manqué de temps et dû me contenter de frites ordinaires.

– Le voilà ! s'exclame M. Waterman.

Il le contemple un instant en faisant claquer sa langue, puis il se tourne vers moi. Ses yeux rieurs le sont un peu moins que d'habitude.

– C'est merveilleux, ma chère ! Mais comment va-t-il réussir à manger toute cette succulente nourriture avec son casque ?

Je regarde mon astronaute. Il ne m'était jamais venu à l'esprit qu'il pourrait avoir envie de manger.

TOUT EST RISQUÉ

Carla me sourit comme si elle savait quelque chose que j'ignore. Elle a fait ça toute la journée, chaque fois qu'elle croyait que je ne la voyais pas. Elle a aussi chanté *Take a chance on me* de ABBA, son groupe préféré depuis toujours. C'est incroyable ce qu'elle chante faux. Il faudrait que je demande à Olly la probabilité qu'aucune note de toute une chanson ne soit juste. Peut-être que, grâce au hasard, elle en a quand même forcément une de bonne ?

Il est midi et demi, et j'ai une demi-heure pour déjeuner avant que mon prof d'histoire se connecte. Je n'ai pas faim. Je n'ai pratiquement plus jamais faim. Apparemment, le corps humain peut se nourrir exclusivement de tchat.

Dès que Carla regarde ailleurs, je vais faire un tour sur ma boîte e-mails. Treize messages d'Olly depuis hier soir. Tous envoyés aux alentours de 3 heures du matin et, bien entendu, tous sans objet. Je ris doucement en secouant la tête.

Je voudrais les lire, je meurs d'envie de les lire, mais, avec Carla dans la pièce, je dois faire attention. Je jette un coup d'œil vers elle et croise son regard curieux, les sourcils levés. Est-ce qu'elle se doute de quelque chose ?

– Qu'est-ce qu'il y a de si intéressant sur cet ordinateur ? demanda-t-elle.

Mince. Elle sait, c'est sûr.

Je rapproche ma chaise du bureau et pose mon sandwich sur le portable.

– Rien.

Je prends une bouchée. Le mardi, c'est sandwich au blanc de dinde.

– Non, ce n'est pas rien. Il y a quelque chose qui t'amuse.

Elle s'approche en me souriant. Ses yeux marron se plissent, et son sourire s'étire jusqu'à ses oreilles.

– C'est juste une vidéo de chat, dis-je, la bouche pleine.

Aïe, mauvaise idée ! Carla adore les vidéos de chats. Elle trouve que c'est la seule chose valable sur Internet.

Elle contourne la table pour venir derrière moi et tend la main vers l'écran. Je lâche mon sandwich et attrape l'ordinateur, que je serre contre ma poitrine. Je suis une très mauvaise menteuse, aussi je débite la première chose qui me passe par la tête :

– Il ne faut pas que tu voies ça, Carla. C'est super triste. Le chat meurt.

Nous restons là à nous dévisager pendant quelques secondes, comme suspendues à un silence stupéfait. Je suis stupéfaite d'être aussi bête et je n'en reviens pas d'avoir dit ça. Carla est stupéfaite que je sois aussi bête, et elle n'en revient pas que j'aie dit ça. Elle reste bouche bée d'une façon un peu comique, comme un personnage de dessin animé, et ses grands yeux ronds sont plus grands et plus ronds que jamais. Puis elle se plie littéralement en deux et se frappe les cuisses en riant comme je ne l'ai jamais entendue rire. Franchement, qui d'autre se donne des claques sur les cuisses quand il rit ?

– Tu n'as vraiment pas trouvé d'autre excuse que le coup du chat mort ? s'esclaffe-t-elle.

Et elle rit de plus belle.

– Alors tu sais ?

– Eh bien, si je ne le savais pas avant, c'est chose faite !

Elle se remet à rire et à se taper les cuisses.

– Tu aurais dû voir ta tête !

– Ce n'est pas si drôle que ça non plus…

Je suis un peu vexée de m'être trahie.

– Et puis, n'oublie pas que j'ai la même à la maison. Je devine tout de suite quand Rosa prépare un coup en douce. Et toi, Miss, tu es nulle pour cacher les choses. Je t'ai vue vérifier tes e-mails et le regarder par la fenêtre.

Je repose mon ordinateur sur le bureau.

– Alors, tu n'es pas fâchée contre moi ? dis-je, soulagée.

Elle me tend mon sandwich.

– Ça dépend. Pourquoi tu ne voulais pas m'en parler ?

Elle me fixe pendant une longue seconde.

– Est-ce que je dois m'inquiéter ?

– Non.

– Alors je ne m'inquiète pas.

Elle coiffe mes cheveux en arrière, derrière mes épaules.

– Mange, conclut-elle.

UN QUART D'HEURE PLUS TARD

– Peut-être qu'il pourrait venir me rendre visite ?

Ma question me surprend moi-même, mais Carla ne semble pas étonnée le moins du monde. Elle n'arrête même pas d'essuyer l'inexistante poussière sur ma bibliothèque.

– Ces ados, tous les mêmes ! Donnez-leur un doigt, et ils vous prennent le bras.

– Ça veut dire non ?

Elle éclate d'un petit rire.

DEUX HEURES PLUS TARD

J'essaie encore.

– Ce serait juste pour une demi-heure. Il pourrait être décontaminé, comme M. Waterman, et alors…

– Tu es devenue folle ?

DIX MINUTES PLUS TARD

– Juste pour un quart d'heure ?
– Non.

ENCORE PLUS TARD

– S'il te plaît, Carla…

Elle me coupe la parole :

– Et moi qui pensais que tu t'en sortais bien !

– C'est le cas. Je m'en sors bien. Je veux juste le voir.

– On ne peut pas toujours avoir ce qu'on veut.

À son ton catégorique, je devine qu'elle utilise souvent cette formule avec Rosa. Elle ne doit pas être ravie de me servir le même discours, pourtant elle n'ajoute rien.

La journée prend fin. Avant de partir, Carla s'arrête sur le seuil de ma chambre.

– Tu sais que je n'aime pas te dire non. Tu es une fille raisonnable.

Je m'engouffre dans la brèche :

– Il se ferait décontaminer et resterait assis à l'autre bout de la pièce, loin, très loin de moi, seulement pendant quinze minutes. Trente maximum.

Elle secoue la tête, mais son geste manque de fermeté.

– C'est trop risqué. Et ta mère n'accepterait jamais.

– On ne le lui dirait pas.

J'ai répondu du tac au tac. Elle m'adresse un regard cinglant, plein de déception.

– Vous trouvez donc toutes ça très facile, de mentir à vos mamans ?

À QUI SAIT ATTENDRE

Carla n'en reparle pas avant la fin du déjeuner, deux jours plus tard.

– Maintenant, écoute-moi, articule-t-elle. Pas de contact physique. Tu restes d'un côté de la pièce, et lui du sien. Je lui ai déjà dit la même chose.

Je comprends les mots qu'elle prononce, mais je ne suis pas sûre de comprendre leur sens.

– Ça veut dire que… ? Qu'il est ici ? Il est déjà ici ?

– Tu restes de ton côté, et lui du sien. Aucun contact. Compris ?

Non !

Mais je hoche quand même la tête.

– Il t'attend dans la véranda.

– Décontaminé ?

L'expression de son visage semble me répondre : « Pour qui tu me prends ? »

Je me lève, me rassois aussitôt, me lève à nouveau.

– Oh, Seigneur ! gémit-elle. Va vite t'arranger ! Je te donne vingt minutes.

Mon estomac ne se contente pas de faire des saltos ; c'est de la haute voltige sans filet !

– Pourquoi tu as changé d'avis ?

Elle vient vers moi, attrape mon menton entre ses doigts et me regarde droit dans les yeux pendant si longtemps que je commence à me trémousser d'impatience. Je vois bien qu'elle a du mal à mettre de l'ordre dans ses idées. Finalement, elle lâche juste :

– Tu mérites tout de même un petit quelque chose.

C'est comme ça que Rosa obtient tout ce qu'elle veut. Il lui suffit de le demander à sa mère au (trop) grand cœur.

Je me dirige vers le miroir pour « m'arranger ». J'avais presque oublié à quoi je ressemble. Je ne me regarde pas souvent. Quel intérêt quand il n'y a personne d'autre pour vous voir ? J'aime l'idée que je ressemble à égalité à mes deux parents, cinquante pour cent à ma mère, cinquante pour cent à mon père. Ma peau brune, c'est ce qu'on obtient en mélangeant sa teinte mate à elle et sa couleur chocolat à lui. Mes cheveux sont longs, épais et ondulés, pas aussi frisés que ceux de mon père, mais pas aussi raides que ceux de ma mère. Même mes yeux sont un mélange parfait des leurs, ni asiatiques ni africains, mais quelque part entre les deux.

Je détourne le regard, puis le dirige de nouveau vers le miroir, rapidement, pour tenter de me prendre au dépourvu afin d'avoir une image plus juste, afin d'essayer de voir ce qu'Olly va voir. J'essaie de sourire, puis de rire, en montrant ou cachant mes dents. J'essaie même un froncement de sourcils, bien que j'espère n'avoir aucune raison de le faire ensuite.

Carla m'observe qui grimace devant le miroir, avec une expression mi-amusée, mi-perplexe.

– Je me rappelle quand j'avais ton âge, murmure-t-elle.

Je ne me retourne pas, préférant m'adresser à son reflet.

– Tu es sûre que c'est une bonne idée ? Tu ne penses plus que c'est trop risqué ?

– Tu essaies de me faire changer d'avis ?

Elle s'approche et pose une main sur mon épaule.

– Tout est risqué. Même ne rien faire, c'est risqué. C'est à toi de décider.

J'examine ma chambre blanche autour de moi, mon canapé blanc, mes étagères blanches, mes murs blancs, ces choses si sûres, familières et immuables.

Je pense à Olly, qui doit m'attendre, transi de froid après sa décontamination. Il est tout le contraire. Pas sûr. Pas familier. Toujours en mouvement.

Il est le plus grand risque que j'aie jamais pris.

IMPARFAIT DU FUTUR

De : Madeline F. Whittier
À : genericuser033@gmail.com
Objet : Futur antérieur
Envoyé le : 10 juillet, 12:30

Quand tu liras ce mail, on se sera rencontrés.
Ça aura été parfait.

OLLY

La véranda est ma pièce préférée. Elle est entièrement vitrée et donne sur notre jardin parfaitement entretenu. Elle ressemble un peu à une forêt tropicale de cinéma, remplie de fausses plantes exotiques très réalistes. Partout il y a des bananiers et des cocotiers chargés de fruits factices, des hibiscus recouverts de fleurs en plastique. Il y a même un ruisseau gargouillant qui serpente à travers la pièce, sans poissons, bien sûr – enfin, sans vrais poissons. Le mobilier en rotin usé a l'air d'avoir subi une longue exposition au soleil. Et, pour entretenir l'impression tropicale, ma mère laisse allumé en permanence un diffuseur d'air chaud, et une brise tiède emplit la pièce.

La plupart du temps, j'adore être ici, car je peux m'imaginer que les vitres disparaissent et que je suis Dehors. Mais parfois je m'y sens comme un poisson dans un aquarium.

Le temps que je le rejoigne, Olly a déjà trouvé des prises pour ses mains et ses pieds sur le mur du fond en faux rocher, et il a commencé à l'escalader. Quand j'arrive sur le seuil, il pince une large feuille de bananier entre deux doigts.

– C'est du faux, dit-il.

– C'est du faux, dis-je, exactement en même temps.

Il lâche la feuille mais demeure là où il est, accroché au mur. Grimper pour lui, c'est comme marcher pour le reste du monde. Je ne sais pas trop quoi ajouter, alors je demande :

– Tu comptes rester là-haut ?

– Je ne sais pas… Carla m'a bien fait comprendre que je ne devais pas t'approcher, et je crois que c'est le genre de femme qu'il ne faut pas trop embêter…

– Tu peux quand même descendre. Carla n'est pas aussi terrible qu'elle en a l'air.

– OK.

Il se laisse glisser sans effort jusqu'en bas. Puis il met les mains dans ses poches, croise les jambes et s'adosse contre le mur. Je ne l'ai jamais vu aussi immobile. Je pense qu'il essaie de ne pas trop m'effrayer.

– Tu peux peut-être entrer…, murmure-t-il.

Je m'aperçois alors que je suis toujours sur le seuil, la main posée sur la poignée. Je ferme la porte sans le quitter des yeux. Lui aussi me suit du regard.

Après tous les messages que nous avons échangés, j'avais l'impression de le connaître, mais, à présent qu'il se tient devant moi, ce sentiment a disparu. Il est plus grand que je ne le pensais, et beaucoup plus musclé, sans être massif. Ses bras sont minces et sculptés, et les manches de son T-shirt noir serrent ses biceps. Sa peau a la couleur du caramel. Elle doit être chaude au toucher.

– Tu n'es pas comme je le croyais.

Il sourit, et une fossette se creuse sur sa joue droite.

– Je sais. Je suis plus sexy, hein ? Allez, tu peux le dire…

J'éclate de rire.

– Comment tu fais pour trimballer un ego aussi gros et aussi lourd ?

– C'est grâce à mes muscles, réplique-t-il en gonflant ses biceps et en levant un sourcil de façon comique.

Ma nervosité s'envole un instant, mais revient aussitôt quand je constate qu'il me regarde rire sans plus rien dire pendant de trop nombreuses secondes.

– Tes cheveux sont vraiment longs, observe-t-il. Et tu ne m'avais jamais dit que tu avais des taches de rousseur.

– J'aurais dû ?

– Les taches de rousseur, c'est un motif de rupture de contrat.

Il sourit, et la fossette réapparaît. Adorable.

Je vais vers le canapé et m'y assois. Il reste adossé contre le mur, à l'autre bout de la pièce.

– Elles m'empoisonnent la vie, dis-je, en faisant toujours allusion à mes taches de rousseur.

C'est ridicule, puisque ce qui m'empoisonne la vie, bien entendu, c'est la maladie et le fait de ne pas pouvoir quitter la maison.

Nous nous en rendons compte en même temps, et nous pouffons tous les deux.

– Tu es marrante, murmure-t-il quand nos rires se taisent.

Je souris. Je ne me suis jamais vue comme un boute-en-train, mais je suis contente qu'il le pense.

Nous restons quelques instants dans un silence gêné, cherchant nos mots. En tchat, les blancs se remarquent beaucoup moins. On peut les attribuer à une distraction quelconque. Mais là, dans la vraie vie, on a l'impression de voir des bulles vierges au-dessus de nos têtes. Quoique… en fait, la mienne ne serait pas vierge du tout, mais je ne peux tout de même pas lui avouer à quel point je trouve qu'il a de beaux yeux. Ils sont aussi bleus que l'océan Atlantique, exactement comme il l'a dit. C'est idiot, bien sûr, puisque je le savais. Mais la différence entre le savoir et le voir, c'est un peu la même qu'entre rêver qu'on vole et voler.

– Elle est incroyable, cette pièce, déclare-t-il enfin, en promenant son regard autour de lui.

– Oui. Ma mère l'a fait aménager pour que j'aie l'impression d'être à l'extérieur.

– Et ça marche ?

– La plupart du temps. J'ai beaucoup d'imagination.

– Tu es vraiment une héroïne de conte de fées. *Princesse Madeline et le château de verre.*

Il se tait de nouveau, comme s'il hésitait à aborder un sujet.

– Tu peux poser ta question, lui dis-je.

Il porte autour du poignet un élastique noir en guise de bracelet, sur lequel il tire plusieurs fois avant de se lancer :

– Tu es malade depuis combien de temps ?

– Depuis toujours.

– Qu'est-ce qui se passerait si tu allais dehors ?

– Ma tête exploserait. Ou mes poumons. Ou mon cœur.

– Comment tu arrives à rire de… ?

Je hausse les épaules.

– Comment j'arriverais à quoi que ce soit si je n'en riais ? Ou si je désirais toutes ces choses que je ne peux pas avoir ?

– Un véritable maître zen. Tu devrais donner des cours.

– C'est un très long apprentissage.

Je lui rends son sourire.

Il s'accroupit, puis s'assoit, toujours dos au mur, les bras posés sur ses genoux. Il a beau être immobile, je sens à quel point il a besoin de bouger. Ce garçon est une boule d'énergie pure.

– Où rêves-tu le plus d'aller ? demande-t-il.

– L'espace, ça compte ?

– Non, Maddy, en dehors de l'espace.

J'aime sa façon de dire « Maddy », d'un ton si naturel qu'on croirait qu'il m'appelle ainsi depuis toujours.

– La mer. La plage.

– Tu veux que je te les décrive ?

J'acquiesce avec plus de vigueur que je ne l'aurais voulu. Mon cœur s'accélère, comme si j'étais en train de faire quelque chose d'interdit.

– J'ai déjà vu des photos et des vidéos, mais qu'est-ce que ça fait de se baigner pour de vrai dans l'océan ? Le même effet que d'être dans une baignoire géante ?

– En gros, oui, confirme-t-il en réfléchissant. Non, en fait, je retire ce que j'ai dit. Prendre un bain, ça détend. Alors que se baigner dans l'océan, c'est un peu effrayant. C'est mouillé, et froid, et salé, et dangereux…

Je ne m'attendais pas à cette réponse.

– Tu n'aimes pas la mer ?

Il esquisse un sourire en coin.

– Je ne la déteste pas, et même je la respecte, s'enflamme-t-il en dressant l'index. Respect. C'est la Mère Nature dans toute sa splendeur : impressionnante, magnifique, indépendante, assassine. Tu te rends compte ? Toute cette eau, qui pourtant ne t'empêcherait pas de mourir de soif. Et les vagues qui n'ont d'autre but que de t'aspirer pour que tu te noies plus vite. L'océan peut t'avaler et te recracher, sans même t'avoir remarquée.

– Oh, mon Dieu ! En fait, tu es un gros trouillard !

– Et encore, on n'a pas abordé le sujet des requins blancs, des crocodiles d'eau de mer, ou de l'Aiguille de Mer de l'océan Indien…

– D'accord, d'accord…, dis-je en riant et en levant les mains pour qu'il s'arrête.

– Ce n'est pas une blague, maintient-il avec un faux sérieux. L'océan, ça tue.

Il me fait un clin d'œil et ajoute :

– Mère Nature est une mère un peu naze.

Je ris trop pour pouvoir lui répondre quelque chose.

– Bon, enchaîne-t-il. Qu'est-ce que tu veux découvrir d'autre ?

– Après ça ? Rien !

– Allez, je suis un puits de science !

– OK. Si tu me montrais une de tes super cascades ?

En un clin d'œil, il est debout et il évalue la pièce d'un regard critique.

– Je n'ai pas assez de place. Il vaudrait mieux qu'on aille deh…

Il s'interrompt au milieu de sa phrase.

– Merde. Je suis désolé, Maddy.

– Arrête, tu n'as pas à être désolé, dis-je en me levant.

J'ai prononcé ces mots d'un ton un peu sec, mais c'est important. Je ne supporterais pas qu'il ait pitié de moi.

Il fait claquer son élastique contre son poignet, hoche la tête et change de sujet :

– Je peux faire le poirier sur une main.

Il s'écarte du mur et se laisse tomber en avant avec une facilité déconcertante, jusqu'à se retrouver la tête en bas, en appui sur les mains. Le mouvement a été si gracieux et si fluide qu'un instant j'en suis jalouse. Quelle sensation cela peut-il faire d'avoir une telle confiance en son corps ?

– Incroyable…, dis-je à voix basse.

– Pourquoi tu chuchotes ? On n'est pas dans une église, me signale-t-il, même si, dans sa position, il ne peut pas non plus parler fort.

– C'est vrai… mais ça me laisse sans voix…

Il ne relève pas le compliment. Au lieu de cela, il ferme les yeux, lève lentement la main gauche et maintient le bras à l'horizontale sur le côté. Il est presque totalement immobile. Dans la pièce ne résonnent que sa respiration un peu lourde et le gargouillis du ruisseau. Son T-shirt a glissé vers le bas, dévoilant les muscles de son ventre et sa peau couleur caramel. Je détourne le regard.

– Bravo, tu peux arrêter maintenant !

En un battement de cils, il est de nouveau sur ses pieds.

– Qu'est-ce que tu sais faire d'autre ?

Il frotte ses paumes l'une contre l'autre et m'adresse un sourire…

Un flip arrière plus tard, il se rassoit dos au mur, les paupières closes.

– Pourquoi tu as d'abord pensé à l'espace ? demande-t-il.

Je hausse les épaules.

– Sans doute parce que je veux voir la Terre entière.

– C'est assez original, comme réponse, commente-t-il avec une moue amusée.

J'acquiesce et je ferme les yeux, moi aussi.

– Est-ce qu'il t'arrive de sentir…

Mais je suis interrompue par Carla, qui déboule dans la pièce pour mettre Olly dehors.

– Vous vous êtes touchés ? demande-t-elle, les mains sur les hanches.

Nous ouvrons les yeux en même temps et nous nous dévisageons. Je suis soudain incroyablement consciente de la proximité entre son corps et le mien.

– Non, aucun contact, répond Olly, sans quitter mon visage du regard.

Quelque chose dans son ton me fait rougir jusqu'aux oreilles, et une vague de chaleur descend doucement de mon visage à ma poitrine.

La combustion spontanée existe ; j'en suis sûre, maintenant.

DIAGNOSTIC

webdoc.com

HYSTÉRIE ABDOMINALE DE TYPE RHOPALOCÈRES

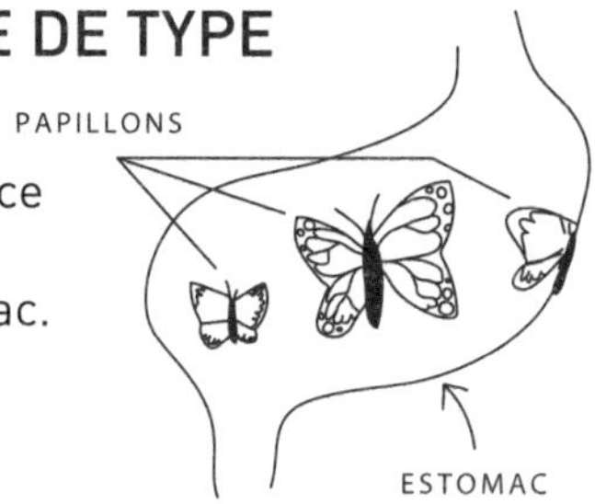

Affection résultant de la présence d'un ou plusieurs papillons de type Monarque dans l'estomac.

PERSONNES SUJETTES À CETTE MALADIE

Elle affecte au moins une adolescente américaine toutes les 30 secondes.

SYMPTÔMES

- Nausée
- Estomac retourné
- Rythme cardiaque élevé
- Étourdissements
- Incapacité à se concentrer

CAUSES

Les crises d'HADTR sont en général déclenchées par l'exposition à des considérations d'ordre romantique. Les patients souffrant d'HADTR déclarent ressentir les symptômes non seulement au cours de cette exposition, mais aussi avant et après. Ceux affectés par la forme la plus aiguë de cette maladie peuvent être pris par une crise à la simple pensée des considérations en question. En plus d'une incapacité à penser à autre chose qu'à ces considérations, la maladie (lire plus)

PERSPECTIVES

Le lendemain matin, avant l'arrivée de Carla, je passe exactement treize minutes à me persuader que je suis en train de tomber malade. Elle met exactement six minutes à m'en dépersuader. Elle prend ma température, ma tension, mesure mon rythme cardiaque et mon pouls, avant de déclarer que je suis tout simplement malade d'amour.

– Symptômes classiques, précise-t-elle.

– Je ne suis pas amoureuse. Je ne peux pas être amoureuse.

– Et pourquoi pas ?

– À quoi ça m'avancerait ? dis-je en levant les bras au ciel. Moi amoureuse, ce serait comme être un critique gastronomique sans papilles gustatives ! Ce serait comme être un peintre daltonien ! Ce serait comme…

– Prendre un bain de minuit toute seule.

Là, je ne peux pas m'empêcher d'éclater de rire.

– Exactement. Aucun intérêt.

– Pas aucun intérêt, enchaîne-t-elle en me dévisageant d'un air sérieux. Ce n'est pas parce que tu ne peux pas *tout* expérimenter que tu ne dois *rien* expérimenter. Et puis, les amours désespérées, c'est la vie.

– Je ne suis pas amoureuse.

– Et tu n'es pas malade, riposte-t-elle. Donc, il n'y a pas de quoi s'inquiéter.

*

Le reste de la matinée, je suis trop préoccupée pour lire ou faire mes devoirs. Malgré les efforts de Carla pour me convaincre que je ne suis pas malade, je me surprends à prêter une trop grande attention à mon corps et à ses réactions. Est-ce que je n'ai pas des picotements dans les doigts ? Est-ce que je ressens ça, d'habitude ? Pourquoi ai-je l'impression d'être à bout de souffle ? Combien de temps peut-on avoir l'estomac noué avant qu'il devienne impossible de défaire ce nœud ?

Je demande à Carla d'effectuer de nouveaux tests, et les résultats sont tous normaux.

L'après-midi, j'admets sans le dire que Carla a peut-être mis le doigt sur quelque chose. Je ne suis sans doute pas *amoureuse*, mais *je l'aime bien.* Je l'aime sincèrement bien. J'erre sans but dans la maison, et j'ai l'impression de le voir partout. Dans la cuisine, en train de se faire griller des tartines. Dans le salon à côté de moi, peinant à regarder *Orgueil et Préjugés.* Dans ma chambre, son corps vêtu de noir allongé sur mon canapé blanc.

Et je ne vois pas seulement Olly. Je me vois, moi, flottant très loin au-dessus de la Terre. Des confins de l'espace, j'embrasse du regard le monde entier. Mes yeux ne viennent buter sur aucun mur, aucune porte. Je vois le début et la fin des temps. Je vois l'infini.

Pour la première fois depuis longtemps, j'ai envie de plus que ce que j'ai.

LE PAYS DES MERVEILLES

Et c'est cette envie qui me fait redescendre brutalement sur terre. Cette envie me terrifie. C'est comme une mauvaise herbe qui gagne lentement du terrain, à votre insu. Avant même que vous vous en rendiez compte, elle a détruit votre pelouse et grimpe devant vos fenêtres.

J'envoie un unique e-mail à Olly. Je suis très occupée ce week-end, lui dis-je. J'ai besoin de me concentrer, lui dis-je. J'éteins mon ordinateur, le débranche et l'enfouis sous une pile de livres. Carla hausse un sourcil interrogateur. Je lui réponds en fronçant les miens.

Je passe la majeure partie de mon samedi à peiner sur mes devoirs d'arithmétique. Les maths, c'est la matière que j'aime le moins, et celle dans laquelle j'obtiens les moins bonnes notes. Il est possible que ces deux faits soient liés. Le soir, je me replonge dans une version annotée et illustrée d'*Alice au Pays des Merveilles.* Lorsque Carla plie bagage, à la fin de la journée, je le remarque à peine.

– Vous vous êtes disputés ? demande-t-elle en désignant mon ordinateur portable.

Je secoue la tête mais n'en dis pas davantage.

Le dimanche, je ressens un besoin urgent d'aller voir mes e-mails. J'imagine ma boîte de réception débordant de messages sans objet d'Olly. Est-ce qu'il lance d'autres « cinq préférés sans réfléchir » ? Est-ce qu'il a besoin de compagnie pour fuir l'ambiance chez lui ?

– Tu vas bien, répète Carla avant de partir ce soir-là.

Elle m'embrasse sur le front, et je me sens à nouveau comme une petite fille.

J'emporte *Alice* jusqu'à mon canapé blanc et je m'installe confortablement. Carla a raison, bien sûr. Je vais bien, mais j'ai peur de me perdre, comme Alice. Je n'arrête pas de penser à l'été de mes huit ans. J'avais passé tellement de temps, le front appuyé contre la vitre, à me torturer moi-même avec des désirs vains. Au début, je voulais juste regarder par la fenêtre. Puis j'ai voulu sortir. Puis je voulais aller jouer avec les enfants du quartier, aller jouer avec tous les enfants où qu'ils soient, être normale juste pour une après-midi, une journée, une vie.

Donc, je ne consulte pas mes e-mails. Ce dont je suis certaine, c'est que vouloir quelque chose me fait vouloir davantage. Le désir est sans fin.

LA VIE EST COURTE
(OU LA RUBRIQUE DU SPOIL, PAR MADELINE)

Alice au Pays des Merveilles, de Lewis Carroll

Attention, spoiler :
Méfiez-vous de la Reine de Cœur.
Elle aura votre tête.

CE QUI NE TE TUE PAS...

Aucun e-mail d'Olly. Pas un seul. Je vérifie même dans ma boîte de spams. Ça devrait me contrarier, mais non. Ça ne me contrarie pas tellement. Juste par souci de rigueur, je réactualise tout de même ma messagerie trois fois encore en l'espace de deux secondes... Ils sont peut-être cachés quelque part, coincés derrière d'autres messages.

Carla entre au moment où je m'apprête à réactualiser une fois de plus.

– Je me demandais si tu oserais déterrer cette chose un jour.

– Bonjour à toi aussi, dis-je, en continuant à loucher vers l'écran.

Elle sourit et se lance dans son habituel déballage de l'attirail médical. Pourquoi ne le laisse-t-elle pas ici la nuit ? Mystère...

– Qu'est-ce que c'est que cette mine renfrognée ? C'est encore à cause d'une vidéo de chat mort ?

Elle arbore un large sourire plein de dents, qui la fait ressembler au Chat du Cheshire dans *Alice*. Bientôt, son corps va disparaître, et il n'y aura plus que sa tête souriante qui flottera dans les airs.

– Olly ne m'a pas envoyé d'e-mail.

Je crois que « interloquée » est le terme qui convient pour désigner sa réaction.

– De tout le week-end, dis-je, pour qu'elle prenne bien conscience de la situation.

– Je vois.

Elle met le stéthoscope dans ses oreilles et pose un thermomètre sur ma langue.

– Et toi, tu lui as écrit ?

– Ouich…, dis-je avec le thermomètre dans la bouche.

– Ne parle pas, réponds juste en bougeant la tête.

– Déjolée.

Elle lève les yeux au ciel. Quand le *bip !* retentit, je lis avant elle, en lui rendant le thermomètre :

– Trente-huit. En gros, je lui ai demandé de ne plus m'écrire. Je suis ridicule, hein ?

Elle me fait signe de me tourner pour écouter mes poumons.

J'insiste :

– D'après toi, je suis ridicule à quel niveau, sur une échelle de 1 à 10, sachant que 1 correspond à « parfaitement rationnelle » et 10 à « folle à lier » ?

– À peu près 8, réplique-t-elle sans hésiter.

Je m'attendais à ce qu'elle réponde 12, alors 8 sonne comme une victoire. Je le lui dis, et elle éclate de rire.

– Donc, ce que tu me racontes, c'est que tu lui as demandé de ne pas t'écrire, et il ne t'a pas écrit. C'est bien ça que tu me racontes ?

– Eh bien, je n'ai pas non plus envoyé « N'ÉCRIS PAS » en grosses lettres et en gras. Je l'ai juste informé que j'étais occupée.

Je m'attends à ce qu'elle se moque de moi, mais non.

– Pourquoi tu ne lui as pas écrit ?

– À cause de ce dont nous avons parlé. Je l'aime bien, Carla. Beaucoup. Trop.

Je lis dans ses yeux : « C'est tout ? »

– Tu veux vraiment perdre le seul ami que tu as jamais eu, juste parce que tu as un peu mal au cœur ?

J'ai lu beaucoup, beaucoup de livres sur les peines de cœur. Pas un ne les décrit comme « un petit mal ». « Quelque chose qui brise l'âme et détruit le monde tel qu'il existait jusqu'alors », oui. « Un petit mal », non.

Elle s'appuie sur le dossier du canapé.

– Tu ne peux pas encore le savoir, mais ça va passer. C'est juste l'attrait de la nouveauté et les hormones.

Elle a peut-être raison. J'aimerais qu'elle ait raison, comme ça je pourrais reparler à Olly.

Carla se penche à nouveau en avant et m'adresse un clin d'œil.

– Ça, et le fait qu'il soit assez mignon.

– C'est vrai qu'il est mignon, hein ?

– Je ne pensais même pas qu'on en fabriquait encore des comme ça !

Je glousse avec elle, imaginant une usine avec une chaîne

de montage sur laquelle défileraient plein de petits Olly. Comment réussirait-on à les faire se tenir immobiles le temps de les emballer et de les expédier ?

Elle me donne une petite claque sur les genoux.

– Allez ! s'écrie-t-elle. Tu as assez de soucis comme ça, et l'amour, ça ne tue pas.

NON OUI PEUT-ÊTRE

Lundi, 20:09

Madeline : Salut !

Olly : slt

Madeline : Comment tu vas ? Comment s'est passé ton week-end ?

Olly : super. bien

Olly : et toi ?

Madeline : Bien, mais occupé. Passé presque tout mon temps sur mes devoirs d'arithmétique.

Olly : aaah l'arithmétique. les maths modernes

Madeline : Waouh ! Tu ne plaisantais pas quand tu disais que tu aimais les maths ?

Olly : non

Madeline : Je suis désolée pour mon e-mail.

Olly : quelle partie ?

Madeline : Tout. Tu es fâché ? Non, oui, peut-être ?

Olly : non oui peut-être

Madeline : Tu n'étais pas censé utiliser toutes les réponses.

Olly : pourquoi tu l'as envoyé ?

Madeline : J'avais peur.

Olly : de quoi ?

Madeline : De toi.

Madeline : Tu ne m'as pas écrit non plus.

Olly : tu ne voulais pas

Madeline : ...

Olly : les trois petits points ils veulent dire silence gêné ou je réfléchis ?

Madeline : Les deux.

Madeline : Pourquoi tu aimes tant les maths ?

Olly : pourquoi tu aimes tant les livres ?

Madeline : Ça n'est pas la même chose !

Olly : ah non ?

Madeline : Dans un livre, tu peux comprendre le sens de la vie.

Olly : la vie a un sens ?

Madeline : Tu ne demandes pas ça sérieusement ?

Olly : peut-être que si

Olly : dans quel livre tu as compris le sens de la vie ?

Madeline : OK, peut-être pas dans un seul livre, mais, si tu en lis assez, ça peut marcher...

Olly : c'est ça ton plan ?

Madeline : Eh bien, j'ai tout mon temps.

Madeline : ...

Olly : à quoi tu penses ?

Madeline : J'ai une solution à notre problème.

Olly : je t'écoute

Madeline : Soyons juste amis, OK ?

Olly : ok

Olly : mais dans ce cas fini de mater mes muscles

Madeline : Amis, Olly !

Olly : ou mes yeux

Madeline : Et fini de parler de mes taches de rousseur.

Madeline : Et de mes cheveux.

Olly : et de tes lèvres

Madeline : Et de ta fossette.

Olly : tu aimes ma fossette ?

Madeline : Amis !

Olly : ok

LE TEMPS

Carla nous fait patienter une semaine avant de nous autoriser à nous revoir. Elle veut être absolument sûre que de m'être trouvée dans la même pièce qu'Olly n'a rien déclenché en moi. Même si je suis d'accord avec elle, la semaine me semble interminable. Je suis convaincue que le temps s'est ralenti – littéralement, pas métaphoriquement ; c'est le genre d'info qui aurait dû paraître à la une des journaux.

42 NOM DU PROJET *Techniques pour faire passer le temps* 29

EXERCICE A
Mesurer les ombres

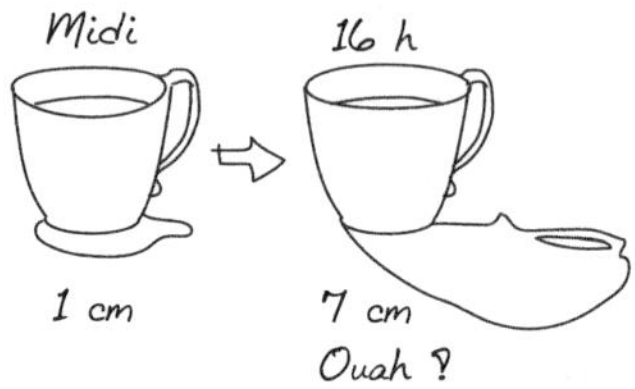

EXERCICE B
Regarder la colle sécher

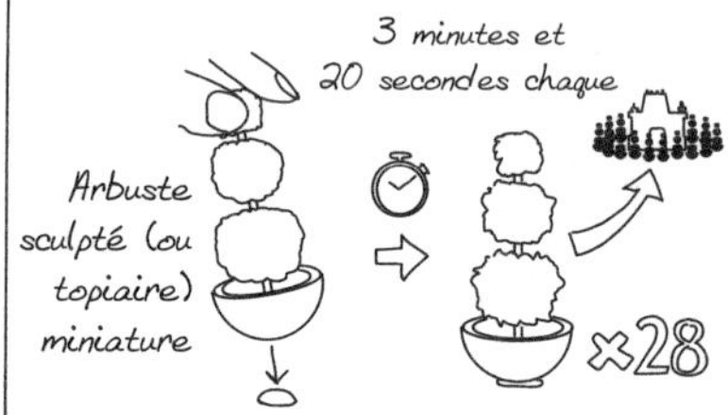

EXERCICE C
Actualiser la messagerie

EXERCICE D
Ranger les livres

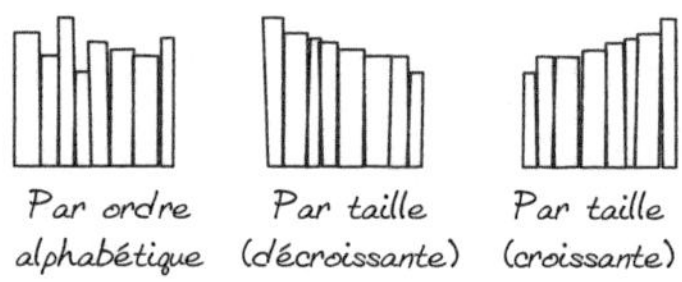

GRAPHIQUE : TEMPS PERÇU vs TEMPS RÉEL

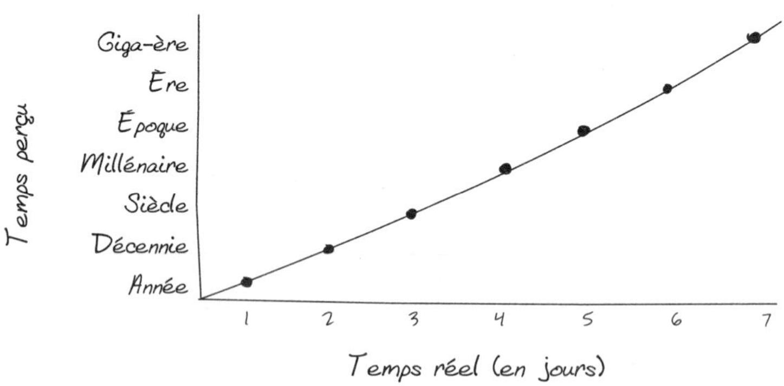

SIGNATURE ____________

LU ET APPROUVÉ ____________

MIROIR, MON BEAU MIROIR

Au bout d'un siècle, la semaine arrive enfin à son terme. Je suis surexcitée, mais j'essaie de me calmer. C'est plus dur qu'on ne le croit : essayer de ne pas sourire fait sourire d'autant plus.

Carla m'observe tandis que je lutte pour choisir mes vêtements. Ce n'est pas quelque chose auquel j'accorde beaucoup d'importance d'habitude. En fait, je n'y ai jamais accordé la moindre importance. Mon armoire ne contient que des T-shirts blancs et des jeans. Les jeans sont rangés selon leur coupe : droits, slim, semi-évasés, larges, sans compter la coupe bêtement appelée « boyfriend ». Mes chaussures – toutes des Keds blanches – sont entassées dans un coin au fond. Je ne porte presque jamais de chaussures pour me balader dans la maison, et je ne suis même pas sûre de trouver une paire à ma taille. En farfouillant dans la pile, j'en déniche une gauche qui semble être à ma pointure, puis la droite. Elles me vont, mais tout juste. Je me plante devant le miroir. Doit-on coordonner son T-shirt ou son sac avec ses chaussures ? Le blanc est-il la couleur la mieux assortie à mes cheveux châtains ? Je note mentalement pour plus tard que je dois faire un peu de shopping. J'achèterai un T-shirt dans chaque couleur jusqu'à trouver celle qui me va le mieux.

Pour la cinquième fois, je demande à Carla si ma mère est bien partie.

– Tu connais ta maman, répond-elle. Est-ce qu'elle a déjà été en retard une seule fois dans sa vie ?

Ma mère croit en la ponctualité avec autant de ferveur que d'autres croient en Dieu. « Le temps est précieux, dit-elle, et c'est un manque de respect que de gaspiller celui des autres. » Je n'ai même pas le droit d'arriver en retard à nos Dîners du Vendredi.

Je m'observe dans le miroir et, sans aucune raison, retire mon T-shirt blanc à col en V pour enfiler à la place un T-shirt blanc à col rond. Enfin… pas tout à fait sans raison. Pour avoir quelque chose à faire en attendant Olly.

J'adorerais pouvoir en parler avec ma mère. Je voudrais lui demander pourquoi j'ai le souffle coupé quand je pense à lui. Je voudrais partager cette espèce de vertige avec elle. Je voudrais lui répéter tout ce qu'Olly dit de drôle. Je voudrais lui raconter que, malgré tous mes efforts, je n'arrive pas à m'empêcher de penser à lui. Je voudrais lui demander si elle ressentait la même chose quand elle a rencontré papa.

Je me rassure intérieurement en me disant que tout va bien. Je ne suis pas tombée malade après notre première rencontre, et il connaît les règles : pas de contact, décontamination complète, et pas de visite s'il croit qu'il couve quelque chose.

Je me dis que ce n'est pas grave de mentir à maman. Je me dis que je ne tomberai pas malade. Je me dis que l'amitié ne peut pas faire de mal. Et que Carla a raison : l'amour, ça ne peut pas me tuer.

PRÉVISIONS

Quand j'entre dans la pièce, Olly est à nouveau agrippé au mur. Cette fois, il est monté jusqu'en haut.

Je lui demande :

– Tu n'as jamais mal aux doigts ?

– Ils sont habitués grâce à un programme d'entraînement très strict, réplique-t-il avec un grand sourire.

Mon estomac exécute l'un de ces petits saltos auxquels il faut que je m'accoutume, puisque, apparemment, c'est un effet secondaire de la fréquentation d'Olly.

J'ai fait mes devoirs dans cette même pièce hier. Elle est exactement comme je l'ai laissée, pourtant elle a l'air totalement différente. Elle est tellement plus vivante quand Olly s'y trouve. Si tous les faux arbres et les fausses plantes s'animaient d'un coup, je ne serais même pas surprise.

Je vais jusqu'au canapé et prends place à l'extrémité la plus éloignée de lui.

Il descend du mur et s'y adosse, dans la position du lotus.

Je m'assois en tailleur, mets de l'ordre dans la masse de mes cheveux et croise les bras sur mon ventre. Comment se fait-il que je sois si consciente de mon corps, de chacune de ses parties, dès que je me trouve dans la même pièce que lui ? C'est comme s'il me rendait plus attentive à ma propre peau.

– Tu portes des chaussures aujourd'hui, constate-t-il.

Il est du genre observateur, du genre à remarquer si vous avez bougé un tableau ou ajouté un vase dans le salon.

Je baisse les yeux vers mes chaussures.

– J'en ai neuf paires exactement pareilles.

– Et tu critiques mes choix vestimentaires ?

– Tu ne portes que du noir. Ça te donne un look sépulcral.

– Il me faudrait un dictionnaire pour discuter avec toi.

– Qui est propre ou se rapporte à un sépulcre.

– Pas très éclairante, comme définition.

– Pour faire simple, tu es l'ange de la mort.

Il grimace.

– C'est la faux qui m'a trahi, hein ? Moi qui croyais l'avoir bien cachée…

Il change de position. À présent, il est étendu sur le dos, les genoux repliés, les mains croisées derrière la tête.

Je change de position également, sans raison, ramenant les jambes contre ma poitrine, les bras passés autour d'elles. Nos corps entretiennent leur propre conversation, indépendamment de nous. Est-ce que c'est ça, la différence entre l'amitié et autre chose ? Cette conscience que j'ai de sa présence ?

Les filtres à air font leur travail, émettant un ronronnement audible derrière le bruit du ventilateur.

– Comment ça marche ? demande Olly en scrutant le plafond.

– C'est du matériel industriel. Les fenêtres sont scellées pour que l'air ne puisse passer que par les filtres disposés sur le toit. Au-dessus de 0,3 micron, rien ne peut entrer. Et le système de ventilation renouvelle complètement l'air dans la maison toutes les quatre heures.

– Waouh !

Il se tourne vers moi et je devine qu'il s'efforce de mesurer la gravité de mon état.

Je détourne les yeux.

– C'est l'assurance qui a tout payé.

Je ne lui laisse pas le temps de poser des questions.

– Le camionneur qui a tué mon père et mon frère s'est endormi au volant. Il en était à sa dix-huitième heure de travail consécutive. L'assurance a trouvé un arrangement avec ma mère.

Le regard d'Olly se fixe sur le plafond.

– Je suis désolé.

– C'est assez étrange parce que je ne me souviens pas vraiment d'eux. En fait, je ne me souviens pas du tout d'eux.

J'essaie de repousser les sentiments qui font surface chaque fois que je pense à eux. Il y a une tristesse qui n'en est pas vraiment, et de la culpabilité.

– C'est bizarre de regretter ce qu'on n'a pas connu, ou du moins ce qu'on ne se rappelle pas avoir connu.

– Pas tant que ça.

Le silence se fait, et Olly ferme les yeux.

– Ça t'arrive de te demander ce que serait ta vie si tu pouvais changer juste une chose ? demande-t-il.

Pas d'habitude, mais dernièrement oui. Et si je n'étais pas malade ? Et si mon père et mon frère n'étaient pas morts ? C'est en évitant de m'interroger sur les choses impossibles que je suis jusqu'ici restée relativement zen.

– On pense tous être spéciaux, enchaîne Olly. On croit être comme des flocons de neige, uniques et complexes...

J'acquiesce lentement, sûre d'être d'accord avec ce qu'il vient de dire et devinant déjà que je ne serai pas d'accord avec ce qui va suivre.

– Pour moi, tout ça n'a aucun sens, continue-t-il. Non, nous ne sommes pas comme des flocons de neige. Nous sommes juste le résultat d'une série de données.

J'arrête de hocher la tête.

– Tu veux dire... comme le résultat d'une formule ?

– Exactement, une formule.

Il se redresse sur les coudes et me dévisage.

– Il y a juste une ou deux données essentielles. Trouve lesquelles, et tu auras cerné la personne. Tu pourras tout prédire sur elle.

– Ah oui ? Alors, dans ce cas, est-ce que tu peux prévoir ce que je vais te répondre ?

Il m'adresse un clin d'œil.

– Que je suis une brute, un hérétique, un...

– Un taré, dis-je pour terminer à sa place. Tu ne vas quand même pas nous comparer à des équations de maths ?!

– Pourquoi pas ? répond-il en se rallongeant.

Il pousse un long soupir, puis se rassoit de nouveau.

– Imagine que tu puisses changer les bonnes données. Dans ce cas, tu pourrais réparer les choses avant qu'elles soient cassées.

Il a prononcé cette dernière phrase calmement, mais avec le ton frustré de celui qui tente depuis très longtemps de résoudre le même problème sans y parvenir. Nos regards se croisent, et il a l'air gêné, comme s'il s'était livré plus qu'il ne l'aurait voulu.

Il s'allonge encore et pose un bras en travers de ses yeux.

– Le problème, c'est la théorie du chaos. Ces données sont à la fois déterminées et totalement instables. Du coup, on ne peut pas les mesurer avec précision. Mais, si on y arrivait, on serait capables de prédire parfaitement la météo, le futur, les réactions des gens.

– Et, d'après la théorie du chaos, c'est impossible, c'est ça ?

– Oui.

– Il t'a fallu étudier les maths à fond pour en arriver à la conclusion que les gens sont imprévisibles ?

– Pourquoi ? Toi, tu l'as compris depuis longtemps ?

– Les livres, Olly ! Tout ça, c'est écrit dans les livres !

À ces mots, il éclate de rire ; il se tord de rire, même, rit encore et encore. C'est contagieux, et je me mets à rire, moi aussi, mon corps au diapason du sien. Je ne peux m'empêcher d'admirer la fossette à laquelle je ne suis plus censée prêter attention. J'ai envie de mettre mon doigt dessus et qu'il ne s'arrête jamais de rire.

Peut-être qu'on ne peut pas tout prévoir, mais on peut prévoir certaines choses. Par exemple, je vais certainement tomber amoureuse d'Olly.

Et ce sera certainement une catastrophe.

LE DICTIONNAIRE DE MADELINE

Obsession [ɔp.se.sjɔ̃] : n.f. **Sens 1** : Intérêt extrême (et complètement justifié) pour un objet (ou une personne) extrêmement intéressant(e). (*Whittier*, 2015)

SECRET

Mes tchats répétés avec Olly finissent par me jouer des tours.

Je m'endors devant un film avec ma mère, non pas une mais deux fois ! Elle commence à s'inquiéter, redoutant un relâchement de mes défenses immunitaires. Je lui assure que c'est plus simple que ça : je ne dors pas assez, c'est tout.

Étant donné la situation, il est compréhensible que son cerveau de médecin se mette aussitôt à imaginer le pire scénario. Elle me répète ce que je sais déjà, à savoir que le manque de sommeil est très mauvais pour quelqu'un comme moi. Je lui promets de faire attention.

Cette nuit-là, en effet, je ne tchatte avec Olly que jusqu'à 2 heures du matin, au lieu des 3 heures habituelles.

Ça me fait bizarre de ne pas pouvoir évoquer avec ma mère l'existence de quelque chose, de *quelqu'un* qui a tant d'importance pour moi. Maman et moi nous éloignons, mais ce n'est ni parce que nous passons moins de temps ensemble, ni parce qu'Olly l'a remplacée. Si nous nous éloignons, c'est parce que, pour la première fois de ma vie, j'ai un secret.

MERCI POUR VOS ACHATS

Email

NOUVEAU

BOÎTE DE RÉCEPTION
ÉLÉMENTS ENVOYÉS
BROUILLONS
INDÉSIRABLES
PLUS ▾

1 sur 2 902

Merci d'avoir fait vos achats sur LaBonneAffaire.com

BA Service clientèle de La Bonne Affaire

MOYEN DE PAIEMENT
Pauline Whittier
Visa **** **** **** 4492
Montant : 236,19 $

DESCRIPTION ARTICLES	QTÉ	PRIX
T-SHIRT CLASSIQUE (ORANGE VIF)	1	29,99 $
T-SHIRT CLASSIQUE (BLEU ÉLECTRIQUE)	1	29,99 $
T-SHIRT CLASSIQUE (VERT TENDRE)	1	29,99 $
T-SHIRT CLASSIQUE (OCRE EXTRÊME)	1	29,99 $
T-SHIRT CLASSIQUE (NOIR PROFOND)	1	29,99 $
T-SHIRT CLASSIQUE (BLANC TURBULENT)	1	29,99 $
CHAUSSURES EN TOILE (BLEU INTENSE)	1	54,99 $

NUMÉROLOGIE

NOMBRE :

de minutes avant que le père d'Olly se mette
à hurler à son retour hier soir :
8

de plaintes contre ce « foutu rôti de bœuf
encore trop cuit » :
4

de fois où la mère d'Olly s'est excusée :
6

de fois où le père d'Olly a traité Kara
de « foutu monstre de foire » à cause
de son vernis à ongles noir :
2

de minutes qu'il a fallu à la mère d'Olly
pour ôter le vernis de Kara :
3

de fois où le père d'Olly a accusé quelqu'un
d'avoir bu son « foutu whisky » :
5

de fois où il s'est vanté d'être la personne
la plus intelligente de la famille :
2

de fois où il a rappelé à tous de ne jamais
oublier qui gagne de l'argent ici :
2

de blagues qu'il a fallu que je raconte à Olly
lors de notre tchat de 3 heures du mat'
avant qu'il se sente mieux :
5

de fois où il a écrit « c'est pas grave »
durant notre tchat :
7

d'heures de sommeil cette nuit :
0

de cigarettes enterrées par Kara dans le jardinet
ce matin :
4

de bleus visibles sur la mère d'Olly :
0

de bleus invisibles :
indéterminé

d'heures avant de revoir Olly :
0,5

CE QUE DIT OLLY

Quand je le retrouve le lendemain, il n'est pas agrippé au mur, mais « au repos », comme j'ai pris l'habitude de désigner cette position, en équilibre sur la pointe des pieds, les mains dans les poches.

– Salut, dis-je depuis le seuil, en attendant que mon estomac ait fini sa petite danse en l'honneur d'Olly.

– Salut, toi.

Il a la voix grave et un peu rauque en raison du manque de sommeil.

– Merci pour le tchat, hier soir, ajoute-t-il en me suivant des yeux jusqu'au canapé.

– C'est quand tu veux.

Moi aussi, j'ai la voix enrouée. Je le trouve plus pâle que d'habitude, les épaules basses, mais il est toujours aussi remuant.

– Parfois, j'ai envie de disparaître et de les laisser là, confie-t-il, l'air un peu honteux.

J'aimerais pouvoir répondre quelque chose, pas la première chose qui me passe par la tête, non, les paroles parfaites pour le consoler, pour lui faire oublier sa famille pendant quelques minutes, mais je ne trouve pas. C'est pour ça que les gens se touchent. Parce que, parfois, les mots ne suffisent pas.

Nos yeux se croisent. Puisque je ne peux pas le serrer contre moi, je serre mes bras très fort autour de ma taille.

Son regard s'attarde sur mon visage, comme s'il essayait de se rappeler quelque chose.

– Pourquoi j'ai l'impression de te connaître depuis toujours ? demande-t-il.

Je n'en sais rien, mais je ressens la même chose. J'ignore à quelle conclusion il arrive, mais il arrête soudain de bouger.

Et il dit que son univers peut s'écrouler à n'importe quel moment.

Il dit qu'il n'y a d'innocence nulle part, « sauf peut-être en toi, Madeline Whittier ».

Il dit que son père n'a pas toujours été comme ça.

LA THÉORIE DU CHAOS

Olly a dix ans, il est assis avec son père devant le bar de la cuisine dans leur vieil appartement de New York. C'est Noël ; peut-être qu'il neige dehors, ou peut-être que ça vient juste de s'arrêter. C'est un souvenir, les détails sont un peu confus.

Son père a fait du chocolat chaud. Il s'y connaît en la matière, et est très fier de le préparer maison. Il fait fondre des plaques de chocolat de cuisine et utilise du lait entier « 100% de matière grasse ». Il prend la tasse préférée d'Olly, y verse une dose de chocolat et ajoute un quart de litre de lait, chauffé presque à ébullition sur la plaque, jamais au micro-ondes. Olly mélange le lait au chocolat, tandis que son père sort du frigo de la crème fouettée, qu'il a également faite lui-même. Elle est légèrement sucrée, juste assez pour vous donner envie d'en manger toujours plus. Il en verse une, voire deux généreuses cuillerées dans la tasse d'Olly.

Le garçon la porte à ses lèvres, et souffle sur la crème qui est déjà en train de fondre. Elle glisse à la surface comme un iceberg miniature. Olly lorgne son père par-dessus sa tasse, tentant de jauger son humeur. Son père est de mauvais poil, ces temps-ci, pire que d'habitude.

– Newton avait tort, déclare-t-il soudain. Rien dans l'univers n'est déterminé à l'avance.

Olly gigote sur sa chaise. Il adore quand son père lui parle de cette façon, *mano a mano*, comme à un adulte, même s'il ne comprend pas toujours ce qu'il dit. Depuis que son père a des problèmes à son travail, les conversations de ce genre sont de plus en plus fréquentes.

– Qu'est-ce que ça veut dire ? demande Olly.

Son père lui laisse toujours le temps de poser des questions avant d'expliquer quoi que ce soit.

– Ça veut dire qu'une chose ne mène pas nécessairement à une autre, déclare-t-il en prenant une gorgée de chocolat chaud.

Lui ne souffle jamais sur le liquide bouillant ; il y plonge directement les lèvres.

– Ça veut dire que tu as beau tout faire pour te débrouiller le mieux possible, tu peux quand même avoir une vie merdique.

Olly garde le liquide dans sa bouche et fixe sa tasse.

Quelques semaines auparavant, sa mère lui a expliqué que son père allait rester à la maison, le temps que la situation s'arrange à son travail. Elle a été assez vague sur ce qui n'allait pas, mais Olly l'a entendue prononcer les mots « fraude » et « enquête ». Il n'y a pas compris grand-chose ;

tout ce qu'il sait, c'est que son père ne semble plus l'aimer autant qu'avant, ni sa mère, ni Kara. Et moins il semble les aimer, plus eux font d'efforts pour se montrer aimables.

Le téléphone sonne, et le père d'Olly va décrocher.

Le garçon avale enfin sa gorgée de chocolat chaud et tend l'oreille.

Son père commence par parler sur un ton professionnel, à la fois posé et froid. Mais, soudain, il n'y a plus que de la colère dans sa voix.

– Vous me virez ?! Mais vous venez de me dire que ces salauds m'avaient blanchi !

En écho à celle de son père, Olly sent la colère monter en lui. Il repose sa tasse et descend de son tabouret.

Son père fait les cent pas dans la pièce, le visage en feu.

– Je me fiche pas mal de votre foutu pognon ! Ne me faites pas ça, Phil. Si vous me virez, tout le monde va croire que…

Il s'immobilise, écarte le téléphone de son oreille et reste silencieux pendant une longue minute.

Olly se fige également, espérant que, d'un seul mot, Phil va tout arranger.

– Putain, vous ne pouvez pas me faire ça, les gars ! Plus personne ne voudra avoir affaire à moi.

Olly a envie d'aller vers son père et de lui dire que tout ira bien, mais il ne peut pas. Il a trop peur. Il s'éclipse en emportant sa tasse de chocolat.

Il se passe plusieurs mois avant que le père d'Olly commence à se soûler l'après-midi, à se soûler jusqu'à en devenir violent, à se soûler jusqu'à crier à tue-tête, jusqu'à ne plus se souvenir de rien le lendemain. Ce jour-là, il l'a passé à la maison, à râler devant les infos économiques à la télé. En entendant le présentateur prononcer le nom de son ancienne société, il entre dans une rage folle. Il se verse du whisky dans un grand verre, et y ajoute de la vodka et du gin. Il mélange le tout avec une grande cuillère, jusqu'à ce que la mixture perde la couleur ambre pâle du whisky et ressemble à de l'eau.

Olly regarde la couleur se dissoudre dans le verre, en se remémorant le jour où son père a été renvoyé, et son impuissance à le réconforter. S'il en avait été capable, les choses seraient-elles différentes aujourd'hui ?

Il se rappelle ce que son père a dit, qu'une chose ne mène pas forcément à une autre.

Il se rappelle son chocolat au lait, sur le bar de la cuisine : le chocolat était devenu blanc et le lait marron, et, malgré toute sa bonne volonté, il n'aurait pas pu les faire redevenir comme avant.

71 NOM DU PROJET Formule d'Olly NOTEBOOK NO. 30

Trouver la valeur de Z dans l'équation suivante :

$$X + Y = Z$$

Où X est inconnu et introuvable
et Y est inconnu et introuvable

SIGNATURE

LU ET APPROUVÉ

DR MADELINE ET MLLE MADDY

– Ta mère veut savoir si j'ai remarqué quelque chose de différent chez toi dernièrement, annonce Carla depuis le salon.

Je regarde le film *Mission : Impossible* avec Tom Cruise. Il joue le rôle d'un super-espion, Ethan Hunt, qui vit une double, voire une triple, voire une quadruple vie. Le film tire à sa fin, et Ethan s'apprête à enlever son masque, littéralement, pour attraper les méchants.

Carla répète ce qu'elle vient de dire, plus fort cette fois, et je marmonne :

– C'est le cas ?

Ethan vient juste d'ôter son masque incroyablement réaliste, pour révéler son véritable visage. Je penche la tête sur le côté pour mieux voir. Carla m'arrache la télécommande des mains et met sur pause. Puis elle jette la télécommande à l'autre bout du canapé. Je demande, en me sentant un peu coupable de l'avoir ignorée :

– Quelque chose ne va pas ?

– Oui, toi. Et ce garçon…

Elle soupire et s'assoit.

– Je me doutais que je faisais une erreur en vous permettant de vous rencontrer.

Elle a toute mon attention, maintenant.

– Maman a dit quelque chose ?

– Il paraît que tu as annulé l'une de vos soirées film ?

Je savais que je n'aurais pas dû. Elle a eu l'air si déçue, si blessée, mais je ne pouvais pas attendre qu'il soit plus de 21 heures pour tchatter avec Olly. Je ne peux plus me passer de nos conversations. Les mots se bousculent sans arrêt dans ma tête. Je n'arriverai jamais au bout de tout ce que je veux lui raconter.

– Elle dit aussi que tu es tout le temps distraite. Que tu as commandé un tas de vêtements. Et des chaussures. Et qu'elle t'a presque battue à un jeu auquel tu gagnes toujours.

Oh.

– Elle se doute de quelque chose ?

– C'est tout ce qui t'inquiète ? Écoute-moi bien : ta mère se sent délaissée. Elle est seule, sans toi. Tu aurais dû voir sa tête quand elle m'a posé la question.

– C'est juste que…

– Non, tranche Carla en levant la main. Tu ne peux plus le voir.

Elle récupère la télécommande et la tient serrée entre ses doigts, en évitant de regarder dans ma direction.

Mon cœur s'affole.

– Carla, s'il te plaît. S'il te plaît, ne me prive pas de lui.

– Il ne t'appartient pas !

– Je sais…

– Non, tu ne sais pas. Il n'est pas à toi. D'accord, il passe du temps avec toi pour le moment, mais il va bientôt retourner en cours. Il rencontrera une fille, et il deviendra son Olly *à elle*. Tu comprends ?

Je sais qu'elle cherche juste à me protéger, comme j'essayais de me protéger moi-même il y a quelques semaines, mais ses paroles me font prendre conscience que mon cœur est un muscle comme les autres : il peut faire mal.

– Je comprends, dis-je doucement.

– Passe un peu de temps avec ta maman. Les garçons, ça va, ça vient ; les mères, c'est pour la vie.

Je suis sûre qu'elle emploie les mêmes mots avec Rosa.

– D'accord.

Elle me rend la télécommande. Ensemble, nous fixons l'image figée sur l'écran. Puis elle prend appui des deux mains sur ses genoux pour se lever. Quand elle est arrivée au milieu de la pièce, je lui demande :

– Tu le pensais vraiment ?

– Quoi ?

– Quand tu as dit que l'amour ne pouvait pas me tuer.

– Oui, mais ça pourrait tuer ta maman.

Elle esquisse un sourire. Je retiens mon souffle, suspendue à ses lèvres.

– OK, ça va. Tu peux encore le voir, mais tu dois être plus raisonnable. Compris ?

Je hoche la tête et j'éteins la télé. Au revoir, Ethan Hunt.

Je passe le reste de la journée dans la véranda, loin de Carla. Je ne suis pas en colère contre elle… enfin, un peu quand même. Tous mes doutes sur la nécessité de garder secrète l'existence d'Olly aux yeux de ma mère se sont envolés. Je n'arrive pas à croire que, juste parce que j'ai annulé une soirée film, j'ai failli ne plus pouvoir le revoir. Jusqu'à présent, j'étais inquiète à l'idée de cacher quelque chose à ma mère. Maintenant, je m'inquiète de ne plus rien pouvoir lui cacher du tout. Si elle m'en veut, ce n'est pas parce que j'ai acheté de nouveaux vêtements. C'est parce que je ne lui ai pas demandé son avis et parce que je les ai achetés dans des couleurs aussi inattendues. Elle est fâchée de ne pas m'avoir vue changer. C'est énervant, et en même temps je la comprends. Elle a dû contrôler tant de choses pour me garder en sécurité dans ma bulle.

Et puis, elle n'a pas tort : j'étais distraite en sa compagnie, l'esprit toujours branché sur « Radio Olly ». Je sais qu'elle a raison, et ça m'agace. Est-ce que grandir, ce n'est pas prendre ses distances vis-à-vis de sa mère ? Est-ce que je n'ai pas droit à cette petite part de normalité ?

N'empêche que je me sens coupable. Elle m'a sacrifié toute sa vie. Qui suis-je pour tout jeter aux orties à la première histoire d'amour qui se présente ?

Carla vient me trouver pour mon check-up de 16 heures. Je demande :

– C'est quoi, les symptômes de la schizophrénie ?

– Pourquoi ? Tu penses que tu en es atteinte ?

– Peut-être.

– Et là, je parle à la gentille Maddy ou à la méchante Maddy ?

– Difficile à dire.

Elle me tapote la main.

– Sois gentille avec ta maman. Elle n'a que toi.

CARTE LIBERTÉ

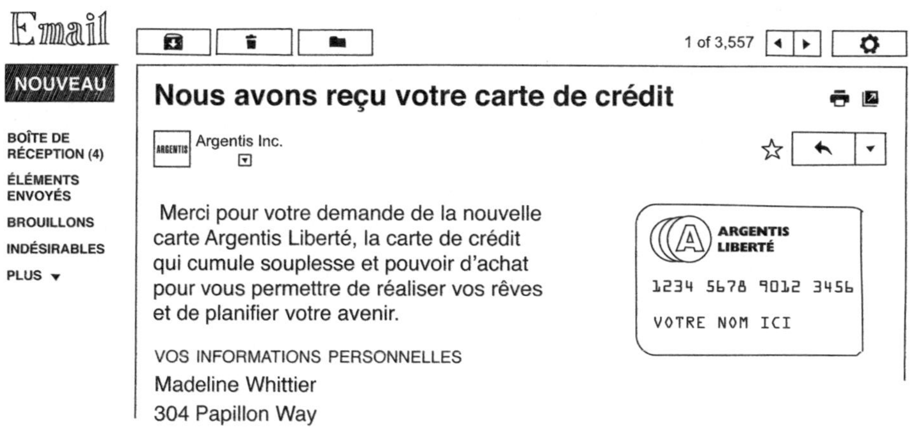

À L'ENVERS

Les gens normaux font les cent pas quand ils sont nerveux. Olly, lui, marche au pas cadencé.

– Olly ! C'est juste le poirier. Contre le mur. Ça va aller.

Il m'a fallu une heure pour le convaincre de me montrer comment faire.

– Tu n'as pas assez de force dans les poignets et le torse, marmonne-t-il.

– Tu m'as déjà sorti cet argument. Alors que je suis forte, dis-je en gonflant un biceps. Je peux soulever mon poids en livres.

Il esquisse un sourire et – Dieu merci ! – arrête de marcher. Il tire sur son élastique tout en détaillant mon corps du regard, critiquant mentalement mon manque de force physique.

Je lève les yeux au ciel de façon exagérée.

– Bon, soupire-t-il, de façon exagérée lui aussi. Accroupis-toi.

Il le fait lui-même, comme si j'avais besoin d'une démonstration.

– Je sais ce que ça veut dire, s'accr…

– Concentre-toi.

Je m'accroupis.

Depuis l'autre bout de la pièce, il contrôle ma posture et me dicte des rectifications : mains éloignées de trente centimètres, bras tendus, coudes en appui contre les genoux, doigts écartés… J'y suis.

– Maintenant, déplace ton poids légèrement vers l'avant, jusqu'à sentir tes orteils qui quittent le sol.

Je bascule trop en avant et termine en roulé-boulé.

– Mmm, grommelle-t-il, les lèvres pincées.

Il se force à ne pas rire, mais sa fossette le trahit. Je reprends ma position.

– Tu dois déplacer ton poids, pas te pencher.

– C'est ce que j'ai fait, non ?

– Pas vraiment. OK, maintenant, regarde-moi.

Il s'accroupit à nouveau.

– Mains à trente centimètres l'une de l'autre, rappelle-t-il, coudes contre les genoux, doigts écartés. Puis, doucement, très doucement, transfère ton poids vers l'avant, sur tes épaules, décolle tes orteils… et pousse sur tes bras.

Il pousse et effectue son poirier avec son habituelle grâce naturelle. De nouveau, je suis impressionnée par le calme avec lequel il effectue ses mouvements. On dirait que, pour lui, c'est comme un exercice de méditation. Son corps est un moyen d'échapper au monde, tandis que je suis prisonnière du mien.

– Je te montre encore ? demande-t-il en se remettant sur ses pieds.

– Non.

Folle d'impatience, je fais basculer mon poids vers mes épaules, mais rien ne se passe. Ce petit jeu dure pendant à peu près une heure. La partie inférieure de mon corps reste solidement ancrée au sol, tandis que mes bras me font souffrir à force d'essayer. J'accomplis encore plusieurs roulés-boulés involontaires. Finalement, ma seule réussite, c'est d'arriver à réprimer mon cri quand je tombe.

– On fait une pause ? propose Olly, en s'efforçant toujours de ne pas rire.

Je lui réponds par un grognement, rentre la tête et culbute vers l'avant pour une autre roulade. Cette fois, il éclate de rire.

Je reste étendue sur le dos, essayant de retrouver mon souffle, puis je me mets à rire avec lui. Quelques secondes plus tard, je m'accroupis de nouveau.

Il secoue la tête.

– Je ne te savais pas si têtue.

Moi non plus, je ne me connaissais pas aussi tenace.

Il tape dans ses mains.

– OK, essayons autre chose. Ferme les yeux.

Je m'exécute.

– Bien. Maintenant, imagine que tu es dans l'espace.

Les paupières closes, il me paraît plus proche. J'ai l'impression qu'il est juste à côté de moi, pas à l'autre bout de la pièce. Sa voix remonte le long de mon cou et murmure à mon oreille :

– Tu vois les étoiles ? Et ce champ d'astéroïdes ? Et ce satellite solitaire qui passe ? Les lois de la gravité n'existent plus. Tu es en apesanteur. Tu peux faire ce que tu veux de ton corps. Il te suffit de le vouloir.

Je m'incline vers l'avant et, soudain, je me retrouve à l'envers ! D'abord, je ne suis pas sûre d'y être arrivée. Je cligne des yeux, mais le monde reste inversé. Le sang me monte au cerveau, ma tête est lourde et légère à la fois. La gravité terrestre étire ma bouche en un sourire et force mes paupières à s'ouvrir. Je suis merveilleusement étrangère à mon propre corps. Mes bras commencent à faiblir. Je m'incline un peu plus, et mes pieds touchent le mur. Je pousse dans l'autre sens et me retrouve accroupie sur le sol.

– Énorme ! me félicite Olly en applaudissant. Tu as même tenu quelques secondes. Bientôt, tu n'auras plus besoin du mur.

– Et si on essayait tout de suite ? dis-je, insatiable, et avide de voir le monde comme il le voit.

Il hésite, cherchant des arguments, puis ses yeux croisent les miens, et il acquiesce avant de se remettre sur ses talons pour me regarder faire.

Je m'accroupis à nouveau, bascule vers l'avant et pousse sur mes bras. Je perds aussitôt l'équilibre, et commence à tomber vers l'arrière. Olly se précipite vers moi pour arrêter ma chute, et il attrape mes chevilles nues avec ses mains. Chaque nerf de mon corps migre vers l'endroit où il me touche. Sous ses doigts, ma peau s'électrise, et chaque cellule s'embrase. C'est comme si on ne m'avait jamais touchée avant.

– Repose-moi, dis-je, et il guide doucement mes pieds jusqu'au sol.

Je m'attends à ce qu'il retourne dans son coin, mais non. Sans même réfléchir, je me redresse et lui fais face. Un petit mètre seulement nous sépare. Je pourrais tendre la main et le toucher, si je voulais. Je lève lentement les yeux vers les siens.

– Ça va ? demande-t-il.

Je pense oui, mais je fais non de la tête. Je devrais m'écarter. Ou alors c'est lui qui devrait s'écarter. Il devrait retourner de son côté du monde, seulement il ne bouge pas et je lis dans ses yeux qu'il ne compte pas bouger. Mon cœur bat si fort qu'il doit l'entendre.

– Maddy ?

Mes yeux se posent sur ses lèvres tandis qu'il prononce mon nom. Il tend la main droite et s'empare de mon index gauche. Sa paume est rugueuse, calleuse et tellement chaude. De son pouce, il caresse mon doigt avant de l'emprisonner dans sa main fermée.

Je baisse les yeux vers ma main.

Les amis ont le droit de se toucher, non ?

Je dégage mon doigt afin de venir entremêler tous les autres aux siens, jusqu'à ce que nos paumes soient collées l'une contre l'autre.

J'observe de nouveau ses yeux et j'y aperçois mon reflet. Je lui demande :

– Qu'est-ce que tu vois ?

– Eh bien, d'abord tes taches de rousseur.

– C'est une obsession !

– Possible. On dirait qu'on a saupoudré du chocolat sur ton nez et tes joues.

Son regard voyage jusqu'à mes lèvres, puis revient se poser sur mes yeux.

– Tes lèvres sont roses. Elles sont encore plus roses quand tu les mordilles. Et tu les mordilles surtout quand tu es sur le point de me contredire. Tu devrais faire ça moins souvent. Me contredire, pas te mordiller la lèvre ; ça, c'est adorable.

Je devrais dire quelque chose, couper court à cette situation, mais je suis incapable de parler.

– Je n'ai jamais vu une personne avec des cheveux aussi longs, aussi frisés et bouffants que les tiens. On croirait voir un nuage.

– Un nuage brun, alors, dis-je, retrouvant enfin ma voix, dans un effort pour briser le charme.

– Oui, un nuage brun frisé. Et puis, tes yeux... Ils changent de couleur. Parfois ils sont presque noirs, parfois ils sont marron. Je cherche le lien entre leur couleur et ton humeur, mais je n'ai pas encore trouvé. Dès que c'est fait, je te tiens au courant.

– Ça n'a peut-être pas de lien, dis-je, juste pour dire quelque chose.

Il sourit et m'étreint la main.

– Et toi, qu'est-ce que tu vois ?

Je voudrais répondre, mais je n'y arrive pas. Je secoue la tête en contemplant nos mains entrelacées. Nous restons ainsi, oscillant entre certitude et incertitude, jusqu'à ce que le bruit des pas de Carla nous force à nous séparer.

ÉPIDERME

J'ai lu un jour que, en moyenne, la majorité de nos cellules est remplacée tous les sept ans. Encore plus incroyable : la couche supérieure de notre épiderme se renouvelle toutes les deux semaines. Si toutes les cellules faisaient cela, nous serions immortels. Mais certaines de nos cellules, comme celles de notre cerveau, ne se renouvellent pas. Elles vieillissent, et nous vieillissons avec elles.

Dans deux semaines, ma peau ne gardera plus aucun souvenir de la main d'Olly posée contre la mienne, mais mon cerveau, lui, s'en souviendra. C'est soit l'immortalité, soit la mémoire du toucher, pas les deux.

AMITIÉ

Le même jour, 20:16

Olly : déjà connectée ?

Madeline : J'ai dit à ma mère que j'avais beaucoup de devoirs.

Olly : tu vas bien ?

Madeline : Tu veux savoir si je suis malade ?

Olly : oui

Madeline : Jusque-là tout va bien.

Olly : tu es inquiète ?

Madeline : Non, je vais bien.

Madeline : Je vais bien, j'en suis sûre.

Olly : tu es inquiète

Madeline : Un peu.

Olly : je n'aurais pas dû je regrette

Madeline : Faut pas. Moi, je ne regrette pas. Je n'échangerais ça contre rien au monde.

Olly : oui mais

Olly : t'es sûre que ça va ?

Madeline : Je me sens comme neuve.

Olly : tout ça rien qu'en me tenant la main, hein. t'imagines si tu m'embrassais

Madeline : …

Madeline : Les amis ne s'embrassent pas, Olly.

Olly : les vrais, si

RECHERCHES

Vingt-quatre heures plus tard, l'embrasser est devenu une obsession. Je visualise les mots « imagine si tu m'embrassais » chaque fois que je ferme les yeux. À un moment, je songe que je ne sais pas du tout comment on fait pour embrasser quelqu'un. Bien sûr, j'ai lu des choses à ce sujet. J'ai vu assez de baisers échangés dans les films pour me faire une idée. Mais je ne me suis jamais imaginée *embrassée*, encore moins *embrassant*...

D'après Carla, on pourrait se revoir dès aujourd'hui, mais je décide d'attendre encore deux jours. Elle ne sait pas qu'il m'a touché les chevilles, qu'on s'est tenu la main ; qu'on a presque mélangé nos souffles. Je devrais le lui raconter, mais non. J'ai peur qu'elle mette un terme aux visites. Un autre mensonge à ajouter à ma liste. Olly est désormais la seule personne de mon entourage à qui je n'ai jamais menti.

Quarante-huit heures post-contact, et tout va bien. Je lorgne mes graphiques quand Carla a le dos tourné. Tension, pouls, température : tout semble OK. Pas de signes avant-coureurs à l'horizon.

Mon corps est un peu dérangé quand je m'imagine en train d'embrasser Olly, mais là, c'est sûr, ce n'est que la maladie d'amour.

16 NOM DU PROJET Le Baiser pour les Nuls 1/3 NOTEBOOK NO. 17

Check-list avant le baiser

☑ Baume pour les lèvres

☑ Passer en revue les positions possibles pour les mains

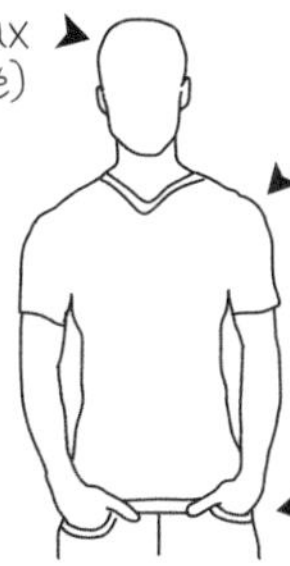

S'entraîner à la pratique sur :

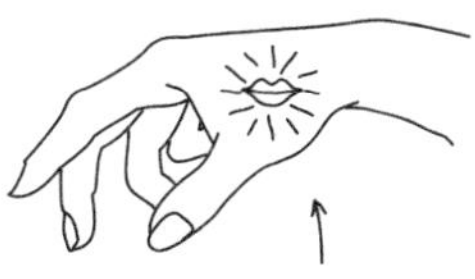

☑ La zone tendre à la base du pouce et de l'index

☑ Un oreiller

☑ Une courge

SIGNATURE

LU ET APPROUVÉ

17 NOM DU PROJET Le Baiser pour les Nuls 2/3 NOTEBOOK NO. 17

Créer l'atmosphère adéquate pour s'embrasser

La pluie

Réputée pour intensifier la passion
Revoir : «N'oublie jamais» et «Quatre mariages et un enterrement»

Un poste audio portable

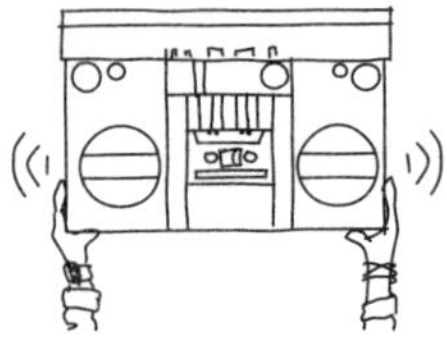

Fournit une musique de circonstance
Revoir : absolument toutes les comédies romantiques

Un poème d'amour lyrique

À apprendre par cœur et à réciter juste avant le baiser

SIGNATURE
LU ET APPROUVÉ

La mécanique du baiser

S'assurer de la probabilité du baiser

Contact visuel

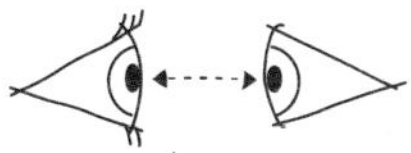

prolongé

Touchers

répétés

Pincer les lèvres jusqu'au degré de fermeté adéquat

Trop ferme

Trop mou

Incliner la tête pour éviter la collision des nez

Se pencher vers l'avant

Le partenaire devrait combler la distance de son côté

Établir le contact

Maintenir pendant 3 à 5 secondes

Se reculer doucement

Attention : garder les yeux fermés !

SIGNATURE ____________

LU ET APPROUVÉ ____________

LA VIE ET LA MORT

Olly n'est pas sur le mur. Il n'est pas non plus à une extrémité du canapé. Non, il est assis en plein milieu de la pièce, les coudes sur les genoux, occupé à triturer son élastique.

J'hésite à entrer. Ses yeux ne quittent pas mon visage. Ressent-il ce besoin que j'ai d'être au même endroit que lui, de respirer le même air que lui ?

Je m'attarde sur le pas de la porte, indécise. Je pourrais aller à sa place habituelle, près du mur. Je pourrais rester ici, sur le seuil. Je pourrais lui dire qu'on ne devrait pas tenter le diable, mais j'en suis incapable. Pire : je n'en ai pas envie.

– Ça te va bien, cette couleur, déclare-t-il enfin.

Je porte l'un de mes nouveaux T-shirts. Il est orange, a un col en V, une coupe ajustée, et c'est devenu mon vêtement préféré. Je pense en racheter dix exemplaires.

– Merci.

Je mets une main sur mon estomac. Les papillons sont de retour et s'agitent dans tous les sens.

– Tu veux que je change de place ?

Il tient son élastique tendu entre le pouce et l'index.

– Je ne sais pas.

Il hoche la tête et fait mine de se lever.

– Non, attends.

Ma deuxième main posée sur mon estomac, je me dirige vers lui. Je m'assois en laissant trente centimètres entre nous.

Il fait claquer l'élastique sur son poignet. Ses épaules semblent se libérer d'une tension que je n'avais pas perçue. Je serre les genoux l'un contre l'autre et baisse un peu la tête, me faisant aussi petite que possible, comme si ma taille pouvait changer quelque chose à notre proximité.

Il dégage un bras de ses genoux et me tend la main en remuant les doigts. Alors, tous mes scrupules s'envolent, et je glisse ma main dans la sienne. Nos doigts retrouvent leur place, aussi naturellement que si nous avions passé toute notre vie à nous tenir la main. Je n'ai pas vu se réduire la distance qui nous séparait. Est-ce que c'est lui qui a bougé ? Est-ce que c'est moi ?

En tout cas, nous sommes maintenant l'un contre l'autre : nos cuisses se touchent, je sens la chaleur de son avant-bras contre le mien, mon épaule est appuyée sur son biceps. Il caresse mon pouce avec le sien, traçant un chemin qui va de mon ongle à mon poignet. Chaque parcelle de ma peau s'embrase. Les gens normaux, ceux qui ne sont pas malades, est-ce qu'ils font ça souvent ? Comment survivent-ils à cette sensation ? Comment réussissent-ils à se retenir de se toucher *tout le temps* ?

Il tire doucement sur ma main. Je suppose que c'est parce qu'il veut me poser une question… Je quitte des yeux le miracle que constituent nos mains entrelacées pour regarder cet autre miracle que sont son visage, ses yeux, et ses lèvres qui se rapprochent des miennes.

Est-ce que c'est lui qui a bougé ? Est-ce que c'est moi ?

Son souffle est chaud, et ses lèvres effleurent les miennes, aussi délicatement que des ailes de papillon. Mes yeux se ferment d'eux-mêmes. Je suis d'accord avec ce que montrent les comédies romantiques : il faut fermer les yeux. Il se recule, et mes lèvres deviennent toutes froides. Est-ce que je m'y suis mal prise ? Mes yeux s'ouvrent d'un coup et plongent dans le bleu sombre des siens. Je comprends qu'il a à la fois peur de continuer à m'embrasser et peur d'arrêter. J'attrape le devant de sa chemise et le tire vers moi.

Dans mon ventre, on croirait une véritable émeute de papillons.

Il serre ma main. Ses lèvres ont un goût de caramel salé et de soleil – enfin… ce que j'imagine être le goût du caramel salé et du soleil. Elles ont un goût totalement nouveau pour moi, un goût d'espoir, de chance, d'avenir.

C'est moi qui recule, cette fois, pour reprendre mon souffle. Si je le pouvais, je l'embrasserais à chaque seconde de chaque jour pour toujours.

Il se penche vers mon front. Son souffle caresse mon nez et mes joues. Il est légèrement sucré, comme ces friandises dont très vite on ne peut plus se passer.

Je demande :
– C'est toujours comme ça ?
– Non, jamais, répond-il d'une voix un peu émerveillée.
Et soudain, plus rien n'est comme avant.

HONNÊTEMENT

Le même jour, 20:03

Olly : pas de soirée film avec ta mère ?

Madeline : J'ai annulé. Carla sera furieuse après moi.

Olly : pourquoi ?

Madeline : Je lui avais promis de passer plus de temps avec ma mère.

Olly : je suis en train de semer la pagaille dans ta vie

Madeline : Non, stp, ne crois pas ça.

Olly : ce qu'on a fait aujourd'hui était complètement insensé

Madeline : Je sais.

Olly : à quoi on pensait ?

Madeline : Je ne sais pas.

Olly : on devrait peut-être faire une pause

Madeline : …

Olly : désolé j'essaie de te protéger

Madeline : Et si ce n'était pas de protection que j'avais besoin ?

Olly : qu'est-ce que ça veut dire ?

Madeline : Je ne sais pas.

Olly : je veux que tu ailles bien, je ne veux pas te perdre

Madeline : Parce que tu crois que tu m'as déjà gagnée ?

Madeline : Tu regrettes ?

Olly : quoi ? de t'avoir embrassée ?

Olly : honnêtement ?

Madeline : Bien sûr.

Olly : non

Olly : toi tu regrettes ?

Madeline : Non.

DEOR

L'univers et mon subconscient conspirent contre moi. Je suis dans le salon, en train de jouer au Scrabble phonétique avec ma mère. Depuis le début de la partie, j'ai pioché des lettres formant les mots *DEOR*, *LIBRT* et *MANSONJ*. Avec ce dernier, j'ai droit à un bonus parce que j'ai posé mes sept pions. Maman examine le plateau en fronçant les sourcils, et je m'attends à ce qu'elle conteste mon mot, mais non. Elle note mon score ; pour la première fois, je mène, avec sept points d'avance sur elle.

Je regarde la feuille, puis ma mère, et je lui demande :

– Tu es sûre que tu ne t'es pas trompée ?

Je ne tiens pas tant que ça à la battre.

Je recalcule les résultats : elle ne s'est pas trompée.

Je garde les yeux posés sur la feuille de score, tandis que les siens sont braqués sur moi. Elle se comporte de cette manière depuis le début de la soirée, attentive, comme si j'étais une énigme. À moins que ce soit moi qui sois parano.

Peut-être parce que je culpabilise d'être aussi égoïste, d'avoir tellement envie d'être avec Olly en ce moment même. Chaque heure passée avec lui m'apprend quelque chose de nouveau. Chaque heure passée avec lui fait de moi quelqu'un de nouveau.

Ma mère me retire la feuille des mains, et attrape mon menton pour m'obliger à la regarder dans les yeux.

– Qu'est-ce qui se passe, mon bébé ?

Je suis sur le point de lui mentir quand un cri retentit au-dehors. Puis un autre cri, suivi d'un hurlement confus et d'un violent claquement de porte. Nous nous tournons toutes les deux vers la fenêtre. Je commence à me lever, mais ma mère pose une main sur mon épaule et secoue la tête. Je me laisse faire, jusqu'à ce qu'un autre cri se fasse entendre – « Arrête ! » Cette fois, nous nous précipitons à la fenêtre.

Olly, sa mère et son père sont sortis sous le porche. Leurs corps dessinent un triangle de chagrin, de peur et de colère. Olly a les poings serrés, les pieds écartés, comme s'il s'apprêtait à se battre. Malgré la distance, je vois les veines saillantes sur ses bras et son visage. Sa mère esquisse un pas vers lui, mais il lui dit quelque chose qui la fait reculer.

Le père et le fils se font face. Le premier tient un verre dans sa main droite. Il le porte à sa bouche et le vide d'un trait, sans quitter Olly des yeux. Il tend le verre pour que sa femme le prenne. Elle amorce un geste, à nouveau interrompu par une parole d'Olly. Son père se tourne alors vers elle, sa main serrant toujours le verre. L'espace d'un instant, je pense qu'elle va rester là.

Mais sa résistance ne dure pas. Elle fait un pas vers lui et il l'attrape ; il n'est plus que fureur et intimidation. Alors, brusquement, Olly s'interpose. Il chasse le bras de son père et pousse sa mère sur le côté.

Son père, encore plus furieux, se jette sur lui. Olly le repousse contre le mur, sans le faire tomber. Il se met à sautiller lentement sur la pointe des pieds, agitant les bras comme un boxeur qui se prépare au combat. Il tente d'attirer l'attention de son père loin de sa mère. Et ça marche. Son père lance le premier coup de poing. Olly l'esquive en se penchant à droite, puis à gauche. Il saute au bas de l'escalier menant au perron au moment précis où son père frappe de nouveau. Le père rate son coup, et son élan l'envoie valdinguer sur les marches. Il s'étale, face contre le ciment de l'allée, et ne bouge plus.

Olly se fige. Sa mère plaque les deux mains sur sa bouche. La mienne passe un bras autour de mes épaules. J'appuie le front contre la vitre et agrippe le rebord de la fenêtre. Tous les yeux sont rivés sur le père d'Olly. L'instant s'éternise. Chaque seconde où il ne bouge pas est un terrible soulagement.

Sa femme est la première à craquer. Elle dévale les marches et s'agenouille près du corps, passant une main dans son dos. Olly lui fait signe de s'éloigner, mais elle l'ignore. Elle se penche encore, à la seconde où le père d'Olly se retourne brutalement. Il lui agrippe le poignet de sa grosse poigne féroce. Et il tire sa main vers le haut, l'air victorieux, comme s'il s'agissait d'un trophée. Il se relève, entraînant sa femme derrière lui.

De nouveau, Olly se précipite entre eux, mais cette fois son père s'y attendait. Plus vite que je ne l'aurais cru capable, il lâche son épouse pour saisir son fils par la chemise et le frappe à l'estomac.

La mère d'Olly crie. Je crie, moi aussi. Il le frappe encore.

Je ne vois pas ce qui se passe ensuite, car je me dégage de l'emprise de ma mère et me mets à courir. Je ne réfléchis pas ; j'agis. Je déboule dans le couloir, traverse le sas et, en un rien de temps, je suis dehors.

Je ne sais pas où je vais, mais je dois être avec lui.

Je ne sais pas ce que je fais, mais je dois le protéger.

Je pique un sprint à travers notre pelouse, jusqu'au jardinet qui sépare nos deux maisons. Son père est sur le point de lancer le troisième coup lorsque je crie :

– STOP !

Tous deux se figent un instant et me regardent, interloqués. Alors, le père est rattrapé par son ivresse. Il remonte les marches en titubant, suivi par sa femme.

Olly, plié en deux, se tient l'estomac.

– Tu vas bien ? dis-je, paniquée.

Il lève les yeux vers moi ; l'expression sur son visage passe de la douleur à la confusion, puis à la peur.

– Va-t'en. Rentre chez toi, ahane-t-il.

Ma mère m'attrape par le bras et tente de m'entraîner avec elle. J'ai vaguement conscience qu'elle est dans un état proche de l'hystérie. Elle a plus de force que je ne le pensais, mais mon besoin de voir Olly est encore plus fort. Je ne bouge pas d'un pouce et je crie une seconde fois :

– Tu vas bien ?

Il se redresse lentement, avec précaution, comme s'il était blessé, mais son masque de douleur a disparu.

– Je vais bien, Maddy. Va-t'en, s'il te plaît.

Je sens la puissance des sentiments qui flottent entre nous.

– Je te promets que je vais bien, insiste-t-il.

Alors, je me laisse entraîner vers la maison.

Nous sommes de retour dans le sas avant que j'aie eu le temps de comprendre ce que j'ai fait. Est-ce que je viens vraiment d'aller Dehors ? La main de ma mère est un étau serré sur mon bras. Elle me force à lui faire face.

– Explique-moi, articule-t-elle d'une voix aiguë et confuse. Pourquoi tu as fait ça ?

– Je vais bien, dis-je. Je ne suis sortie qu'une minute. Moins d'une minute.

Elle lâche mon bras et prend mon menton entre ses doigts.

– Pourquoi tu as risqué ta vie pour un parfait inconnu ?

Je ne suis pas une menteuse assez douée pour cacher mes sentiments. Et j'ai Olly dans la peau.

Elle devine la vérité.

– Ce n'est pas un inconnu, n'est-ce pas ?

– On est amis. Amis sur Internet.

Silence.

– Je suis désolée. Je n'ai pas réfléchi. Je voulais juste m'assurer qu'il allait bien.

Je me frotte l'avant-bras. Mon cœur bat si fort qu'il en est douloureux. L'énormité de ce que je viens de faire me submerge soudain, et je me mets à trembler, ce qui détourne ma mère de son interrogatoire. Elle passe aussitôt en mode médecin.

– Tu as touché à quelque chose ? me demande-t-elle encore et encore.

Et je lui réponds que non, encore et encore.

– J'ai dû jeter tes vêtements, annonce-t-elle après que j'ai pris une douche sur son insistance.

Elle évite de me regarder en poursuivant :

– Et on va devoir faire très attention les prochains jours pour s'assurer que rien…

Elle s'interrompt, incapable de poursuivre.

– Ça a duré moins d'une minute, dis-je, autant pour elle que pour moi.

– Parfois il n'en faut pas plus.

Sa voix semble presque provenir d'ailleurs.

– Maman, je suis désolée.

Elle lève une main et secoue la tête.

– Comment tu as pu faire une chose pareille ? demande-t-elle en me regardant enfin.

J'ignore si elle parle de mon excursion à l'extérieur ou de mes cachotteries. Je n'ai de réponse à aucune de ces deux questions.

*

Dès que ma mère est partie, je vais à la fenêtre et je cherche Olly des yeux. Je ne le vois pas. Il est probablement sur le toit. Alors, je vais me coucher.

Est-ce que je suis vraiment allée Dehors ? Quelle odeur avait l'air ? Est-ce qu'il y avait du vent ? Est-ce que mes pieds ont bel et bien foulé la pelouse ? Je palpe la peau de mes bras, de mon visage. Est-ce qu'elle est différente ? Est-ce que je suis différente ?

Toute ma vie, j'ai rêvé de pénétrer dans le monde extérieur. Et, maintenant que c'est arrivé, je ne me rappelle rien. Rien d'autre que la vision d'Olly plié de douleur. Et sa voix qui me disait de partir.

UNE TROISIÈME MADDY

Cette nuit-là, je suis presque endormie quand ma porte s'ouvre. Ma mère s'arrête dans l'entrebâillement, hésitante, et je garde les yeux fermés, faisant semblant de dormir. Elle entre quand même et s'assoit à côté de moi sur le lit.

Elle reste sans bouger pendant un long moment. Puis elle se penche et je suis certaine qu'elle va m'embrasser sur le front, comme quand j'étais petite, alors je roule sur le côté, hors de sa portée, en feignant toujours de dormir.

Je ne sais pas pourquoi je fais ça. Qui est cette nouvelle Maddy, gratuitement cruelle ? Maman se lève et j'attends que la porte se referme avant d'ouvrir les yeux.

Un élastique noir est posé sur ma table de chevet.

Elle sait tout.

LA VIE EST UN CADEAU

Le lendemain matin, je suis réveillée par des hurlements. Je pense d'abord qu'il s'agit à nouveau de la famille d'Olly, mais les bruits sont trop proches. C'est ma mère. Je ne l'ai jamais entendue élever la voix.

– Comment avez-vous pu faire une chose pareille ? Comment avez-vous pu laisser entrer un étranger ?

Je n'entends pas la réponse de Carla. J'ouvre la porte en silence et je gagne le palier sur la pointe des pieds. Carla se tient en bas de l'escalier. Ma mère est plus petite et plus menue qu'elle, mais on ne le croirait pas, à voir Carla qui se ratatine devant elle.

Je ne peux pas la laisser accuser Carla. Je dévale les marches.

– Il lui est arrivé quelque chose ? s'inquiète-t-elle. Maddy es tombée malade ?

Elle m'attrape le bras, tâte mon visage, m'ausculte des yeux, à la recherche de symptômes inquiétants.

– Elle est allée dehors. À cause de lui. À cause de *vous.*

Ma mère se tourne vers moi.

– Elle a mis sa vie en danger, et elle m'a menti pendant des semaines.

Elle se tourne à nouveau vers Carla.

– Vous êtes renvoyée !

– Non, maman, s'il te plaît ! Ce n'est pas sa faute !

Elle me coupe la parole d'un geste.

– Tu veux dire : ce n'est pas *seulement* sa faute. C'est aussi la tienne !

– Je suis désolée, dis-je inutilement.

– Moi aussi. Carla, rassemblez vos affaires et partez.

Je suis désespérée. Je ne peux pas imaginer ma vie sans Carla.

– S'il te plaît, maman ! Ça n'arrivera plus !

– Ça, c'est sûr ! réplique-t-elle.

Carla monte les escaliers sans un mot.

Maman et moi passons l'heure suivante à la regarder emballer ses affaires. Dans presque chaque pièce, il y a des lunettes, des stylos, des dossiers qui lui appartiennent.

Je ne prends même pas la peine d'essuyer mes larmes : elles n'arrêtent pas de couler. Je n'ai jamais vu ma mère aussi tendue. Quand on passe dans ma chambre, je donne à Carla mon exemplaire de *Des fleurs pour Algernon.* Elle me sourit :

– Je ne risque pas trop de pleurer en le lisant ?

– C'est possible.

Elle le serre contre sa poitrine, sans me quitter des yeux.

– Tu vas devoir être courageuse, Madeline.

Je cours me blottir dans ses bras. Elle lâche le livre et sa sacoche d'infirmière, et elle me serre très fort. Je murmure :

– Je suis tellement désolée…

Elle me serre encore plus fort.

– Ce n'est pas ta faute. La vie est un cadeau. N'oublie pas de la vivre, dit-elle d'un ton farouche.

– Ça suffit, maintenant ! nous interrompt ma mère depuis le seuil, à bout de patience. Je sais que vous êtes tristes, toutes les deux. Croyez-le ou non, moi aussi je suis triste. Mais il est temps que vous partiez, Carla. Maintenant.

Carla se détache de moi.

– Sois courageuse. Rappelle-toi toujours que la vie est un cadeau.

Elle ramasse sa sacoche. Nous descendons les escaliers ensemble. Maman lui tend son dernier chèque, et déjà Carla n'est plus là.

LE DICTIONNAIRE DE MADELINE

Asymptote [a.sɛ̃p.tɔt] : n.f. **Sens 1** : Souhait qui tend constamment vers son accomplissement sans jamais l'atteindre. (*Whittier*, 2015)

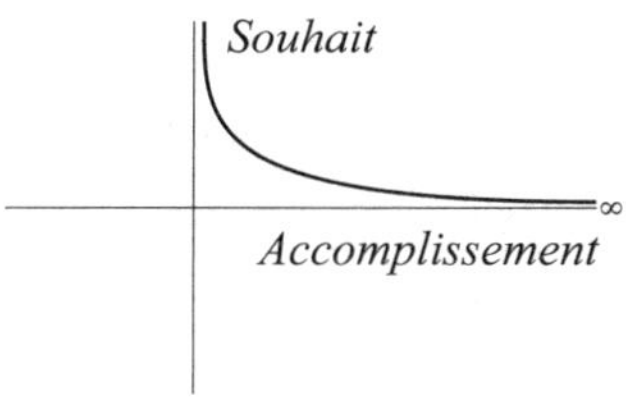

IMAGE INVERSÉE

De retour dans ma chambre, je m'empresse d'ouvrir les rideaux. Olly est à sa fenêtre, le front appuyé sur son poing posé contre la vitre. Depuis quand attend-il là ? Il ne lui faut pas plus d'une seconde pour s'apercevoir que je suis arrivée, mais j'ai eu le temps de lire l'inquiétude dans ses yeux. Apparemment, mon rôle dans la vie est de semer ce sentiment dans le cœur des gens qui m'aiment.

Enfin… à supposer qu'il m'aime.

Son regard se promène sur mon corps, sur mon visage. Avec ses mains, il mime l'action de taper sur un clavier. Je secoue la tête. Il fronce les sourcils, répète son geste. Je secoue de nouveau la tête. Il disparaît de la fenêtre, puis revient avec un feutre.

⸮ AV AÇ

J'acquiesce et j'articule : « Toi ? »

⸮ TAHↃT .IUO

Je secoue la tête.

PUNIE ?

J'acquiesce.

PAS D'INTERNET ?

J'acquiesce.

COMBIEN DE TEMPS ?

Je hausse les épaules.

SÛRE QUE ÇA VA ?

J'exprime l'idée d'une santé de fer, l'angoisse existentielle, le regret et un immense sentiment de perte, tout ça avec un simple hochement de tête.

DÉSOLÉ.

Je secoue la tête. Un geste qui signifie : « Ne sois pas désolé. Ce n'est pas ta faute. Ce n'est pas toi. C'est la vie. »

CHANGEMENT DE PROGRAMME

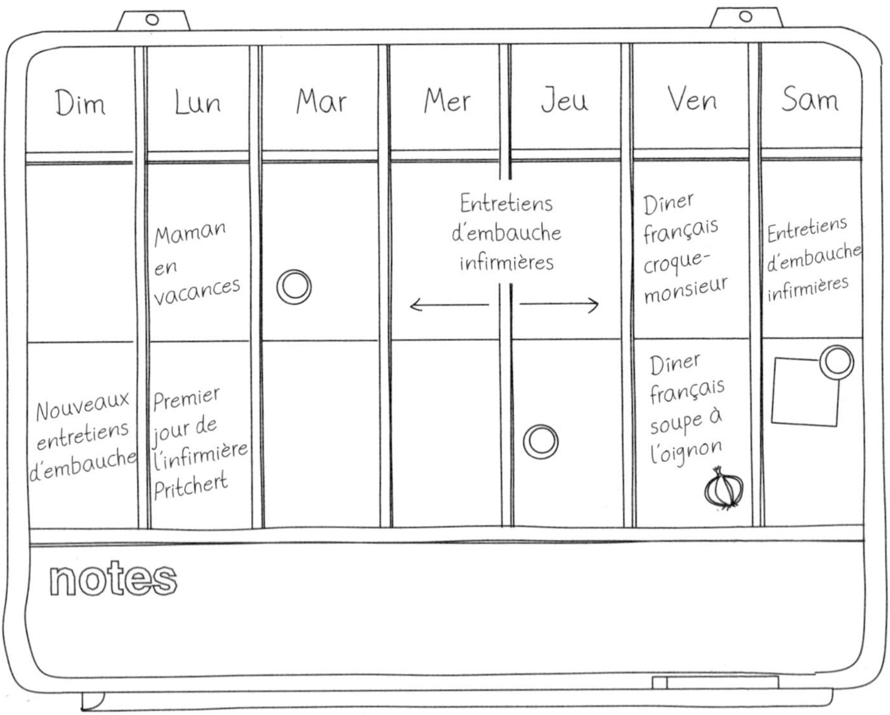

TE DONNER PLUS

Ma mère s'agenouille pour rassembler nos dessins du Pictionary Juré-Craché, et elle en fait une pile bien nette. Après chaque partie, elle garde les meilleurs (c'est-à-dire les plus réussis et les plus ratés). Parfois nous passons notre collection en revue, avec la même nostalgie que les autres familles admirent leurs vieilles photos. Elle s'attarde sur un dessin particulièrement mauvais représentant une espèce de créature avec de grandes oreilles au-dessous de trois cercles avec des yeux. Elle le lève pour me le montrer.

– Comment tu as réussi à deviner que c'est une comptine ?

Elle se force à glousser, comme pour briser la glace. Je ris, moi aussi, désireuse de faire l'autre moitié du chemin.

– Je n'en ai aucune idée ! C'est vrai que tu dessines comme un pied !

La créature est censée être une souris verte, et les trois cercles, des messieurs. Effectivement, j'ai été bien inspirée, vu la pauvreté de son dessin.

Elle cesse de ramasser ses papiers et s'assoit sur ses talons.

– J'ai passé une super semaine avec toi.

Je hoche la tête, sans répondre. Son sourire s'efface. Maintenant que je ne peux plus voir Olly ni communiquer avec lui, je passe plus de temps avec ma mère. C'est la seule bonne chose à tirer de ce désastre.

Je prends sa main dans la mienne et je la serre.

– Moi aussi.

Elle sourit de nouveau, timidement.

– J'ai embauché l'une des infirmières.

Je hoche à nouveau la tête. J'ai décliné sa proposition de rencontrer les candidates avec elle. Ça m'est égal, qui elle engage. Personne ne remplacera Carla.

– Je dois retourner au travail demain.

– Je sais.

– Je préférerais pouvoir rester avec toi.

– Tout ira bien.

Elle arrange le tas de dessins, pourtant parfaitement droit.

– Tu comprends pourquoi j'ai fait tout ça, n'est-ce pas ?

En plus d'avoir renvoyé Carla, elle m'a interdit de me servir d'Internet et a annulé mes cours d'architecture en présence de M. Waterman.

Nous avons passé toute la semaine à essayer d'éviter ces sujets glissants. Mes mensonges. Carla. Olly. Elle a pris des congés pour s'occuper de moi en l'absence de Carla. Elle a contrôlé ma santé toutes les heures au lieu de toutes les deux heures, visiblement soulagée chaque fois qu'elle relevait des résultats normaux.

Le quatrième jour, elle a décrété que j'étais sortie d'affaire. Un coup de chance, d'après elle.

– À quoi tu penses ? me demande-t-elle.

– Carla me manque.

– À moi aussi, mais je serais une très mauvaise mère si je l'avais gardée. Tu comprends ? Elle a mis ta vie en danger.

– C'était mon amie, dis-je calmement.

Sa colère, que j'ai redoutée pendant toute la semaine, explose enfin.

– Ce n'était pas seulement ton amie ! C'était surtout ton infirmière ! Elle était censée prendre soin de toi. Pas risquer ta vie ou te présenter des garçons qui vont te briser le cœur. Les amis ne donnent pas de faux espoirs.

Ma stupeur doit se lire sur mon visage, car elle s'interrompt soudain pour frotter ses mains sur ses cuisses.

– Oh, mon bébé ! Je suis tellement désolée !

À cet instant précis, la réalité me saute au visage : Carla est partie pour de bon. Elle ne sera pas là demain, quand maman ira travailler. Quelqu'un d'autre aura pris sa place. Olly ne sera pas là non plus. Je ne pourrai plus jamais l'embrasser. Cette idée me fait suffoquer de douleur : quelque chose qui avait à peine commencé est déjà terminé.

Je suis sûre que ma mère finira par lever l'interdiction de me servir d'Internet, mais ça ne suffira pas. Si je suis honnête avec moi-même, je dois le reconnaître : j'ai toujours su que ça ne suffirait pas. Je n'aurai jamais fait le tour de toutes les manières avec lesquelles je veux être avec lui.

Ma mère pose une main sur son cœur. Je sais que nous ressentons la même peine, elle et moi.

– Parle-moi de lui, dit-elle.

J'ai envie de lui en parler depuis si longtemps que je ne sais plus par quoi commencer. C'est comme s'il remplissait totalement mon cœur. Je commence donc par le début. Je raconte la première fois que je l'ai vu, la façon qu'il avait de bouger, légère et fluide, pleine d'assurance. J'évoque ses yeux océan et ses mains calleuses. Je dis qu'il est cynique, mais tellement moins que ce qu'il croit ! Je parle de son horrible père, et de ses goûts vestimentaires douteux. Je lui dis qu'il me trouve drôle, intelligente et belle, dans cet ordre-là, et que cet ordre est très important. Bref, je lui confie toutes ces choses que j'ai voulu lui confier pendant toutes ces semaines. Elle écoute en me tenant la main et en pleurant avec moi.

– Je te comprends. Il a l'air fantastique.

– Il l'est.

– Je suis tellement désolée que tu sois malade.

– Ce n'est pas ta faute.

– Je sais, mais je voudrais pouvoir te donner plus.

– Est-ce que je peux avoir accès à Internet ?

Je devais tenter le coup. Mais elle secoue la tête.

– Demande-moi autre chose, ma chérie.

– S'il te plaît, maman.

– C'est mieux comme ça. Je ne veux pas que tu aies le cœur brisé.

– L'amour, ça ne tue pas, dis-je, répétant ainsi les paroles de Carla.

– C'est totalement faux ! s'écrie-t-elle. Je ne sais pas qui t'a raconté des idioties pareilles !

LA MÉCHANTE INFIRMIÈRE

Ma nouvelle infirmière est un horrible despote diplômé d'État. Elle s'appelle Janet Pritchert.

– Mais tu peux m'appeler « madame ».

Elle a une voix anormalement haut perchée ; on dirait une alarme. Elle a bien insisté sur le mot « madame », des fois qu'il me serait venu à l'idée de l'appeler par son prénom, ce qui ne serait vraiment pas convenable. Sa poignée de main est trop ferme, comme si elle était plus habituée à broyer qu'à soigner.

Mais bon, je ne suis sans doute pas très objective.

Tout ce que je vois quand je la regarde, c'est à quel point elle est différente de Carla. Elle est aussi mince que Carla est corpulente. Elle n'a pas l'accent espagnol de Carla ni ses expressions amusantes. Comparée à Carla, elle a tout « en moins ».

L'après-midi, je décide de faire un effort et de changer d'attitude. C'est alors que, sur l'écran de mon ordinateur, le premier de ses petits mots fait son apparition.

En effet, ma mère a restauré mon accès à Internet, mais seulement durant mes heures de cours. Elle prétend que c'est parce que je ne suis censée l'utiliser que pour travailler, mais je suis sûre qu'en vérité ça a un rapport avec le fait qu'Olly a repris le lycée et qu'il ne rentre chez lui qu'après 15 heures.

Je consulte l'heure. Il est 14 heures 30. Je décide finalement de ne rien changer à mon attitude. La Méchante Infirmière aurait au moins pu me laisser une chance d'enfreindre une règle avant de décréter que j'étais du genre à le faire.

Les jours suivants, les choses ne s'améliorent pas…

La semaine suivante, je perds tout espoir de la rallier à ma cause. Sa mission est claire : surveiller, contrôler, contraindre.

Olly et moi nous habituons petit à petit à ce nouveau rythme. Dans la journée, entre mes cours et les siens, nous échangeons de courts messages sur Skype. À 15 heures, la Méchante Infirmière éteint le modem, et le contact est rompu. Le soir, après que j'ai dîné et passé la soirée avec maman, Olly et moi restons plantés derrière notre fenêtre, à nous dévorer du regard.

Je n'arrête pas de supplier ma mère de changer les règles, mais elle est implacable. D'après elle, c'est pour me protéger.

Chaque jour, la Méchante Infirmière trouve une bonne raison pour me laisser un petit mot.

Je fixe cette note en me rappelant que, avant de partir, Carla m'a dit la même chose. « La vie est un cadeau. » Est-ce que je la gaspille ?

SURVEILLANCE DU VOISINAGE #2

Emploi du temps d'Olly

6:55 : Est à sa fenêtre. Écrit ЯUOႱИOᙠ sur la vitre.

7:20 : Attend que Kara ait fini sa cigarette.

7:25 : Part au lycée.

15:45 : Revient du lycée.

15:50 : Est à sa fenêtre. Efface ЯUOႱИOᙠ et écrit TU⅃AƧ sur la vitre.

21:05 : Est à sa fenêtre. Me pose quelques questions par écrit.

22:00 : Écrit YᗡᗡAM TIUИ ƎИИOᙠ sur la vitre.

Emploi du temps de Maddy

6:50 : Attend qu'Olly apparaisse à sa fenêtre.

6:55 : Est joyeuse.

7:25 : Est désespérée.

8:00-15:00 : Ignore la Méchante Infirmière, suit ses cours, fait ses devoirs, lit, consulte ses e-mails de façon obsessionnelle, lit encore.

15:40 : Attend l'arrivée de la voiture d'Olly.
15:50 : Est joyeuse.
16:00 : Fait encore ses devoirs, lit encore.
18:00-21:00 : Dîne, passe la soirée avec sa mère.
21:01 : Attend qu'Olly apparaisse à sa fenêtre.
21:05 : Est joyeuse. Mime les réponses aux questions.
22:01 : Est de nouveau désespérée.

AU LYCÉE

Depuis qu'Olly est retourné au lycée, nos sessions de tchat sont très limitées. Il m'écrit dès qu'il peut, entre chaque cours, parfois au milieu d'un cours. La semaine de la rentrée, il a fait de son mieux pour me donner l'impression qu'il était à côté de moi. Il m'a envoyé des photos de son casier (le numéro 23), de son emploi du temps, de la bibliothèque et de la bibliothécaire, qui ressemble exactement à l'idée que je me fais d'une bibliothécaire de lycée, c'est-à-dire l'air érudite et brillante. Il m'envoie aussi des photos de ses brouillons pendant ses cours de maths, de la liste de romans qu'il a à lire pour le cours de littérature, des béchers et des boîtes de Petri de son cours de physique-chimie.

Moi, je dépense mon temps (« dépenser » est le terme qui convient tant il me coûte de ne pas le voir) à vaquer à mes occupations quotidiennes : lire, étudier, survivre. Pour me divertir, je détourne les titres de sa liste de lecture : *Le Conte des deux cités* devient *Le Conte des deux baisers* ; le chef d'œuvre d'Harper Lee se transforme en *Ne tirez pas sur l'oiseau amoureux* [1]; *Tandis que j'agonise* peut rester ainsi.

Entre la Méchante Infirmière et moi s'est installée une franche hostilité, qui me pousse à l'ignorer d'autant plus, et qui la pousse à laisser encore plus de petits mots pour me faire savoir que si, si, elle existe vraiment.

Le problème, ce n'est pas seulement qu'il me manque. En fait, je suis jalouse de sa vie, jalouse du monde qui s'étend au-delà de la porte de nos maisons.

Il m'assure que la vie au lycée n'a rien d'un rêve, mais je n'en suis pas convaincue. Comment appeler autrement un lieu qui n'a d'autre finalité que de vous ouvrir sur le monde ? Un endroit plein d'amis, de professeurs, de bibliothécaires, de clubs de lecture, de clubs de maths, de clubs de débats en tous genres, d'activités extrascolaires et d'autres possibilités sans fin ?

Au bout de trois semaines, il devient vraiment difficile de poursuivre notre relation de cette manière. Il faut que je lui *parle* ; mimer ne suffit pas. J'ai besoin d'être avec lui dans la même pièce. J'ai besoin de percevoir sa présence physique. J'ai besoin d'apprendre encore à le découvrir. J'ai besoin de découvrir encore la Maddy que je suis quand il est là.

Nous continuons tout de même comme ça jusqu'à ce que, finalement, l'inévitable se produise.

---

1. *Le Conte des deux cités* est un roman de Charles Dickens, le roman d'Harper Lee s'intitule en vérité *Ne tirez pas sur l'oiseau moqueur*, et *Tandis que j'agonise* est signé William Faulkner.

Je suis à la fenêtre, je regarde sa voiture qui se gare. J'attends qu'il sorte, qu'il m'adresse son habituel geste de la main, mais ce n'est pas lui qui sort le premier.

Une fille, qui n'est pas Kara, émerge de l'arrière de la voiture.

Peut-être est-ce une amie de Kara ?

Mais non : Kara jaillit de la voiture, claque la portière et entre dans la maison, en laissant Olly et la Fille Mystère en tête à tête. Il dit quelque chose, et la Fille Mystère rit. Elle se tourne vers lui, pose la main sur son épaule en lui souriant exactement comme je l'ai déjà fait, moi.

D'abord, je suis stupéfaite : je refuse de croire ce que me montrent mes yeux. Est-ce qu'elle vient vraiment de toucher *mon Olly* ? Mon estomac se contracte. La main d'un géant m'emprisonne la taille. C'est comme si mes organes se déplaçaient à l'intérieur de mon corps, me rendant mal dans ma propre peau.

Je lâche le rideau et m'éloigne de la fenêtre. J'ai l'impression d'être une voyeuse.

Les mots de ma mère me reviennent en mémoire. « Je ne veux pas que tu aies le cœur brisé. » Elle savait que ça arriverait. Que, fatalement, il y aurait quelqu'un d'autre. Quelqu'un en bonne santé. Quelqu'un qui pourrait aller dehors. Qui pourrait lui parler, le toucher, l'embrasser, et plus encore.

Je me retiens de retourner à la fenêtre pour jauger la concurrence. Mais est-ce qu'il y a vraiment concurrence quand l'un des adversaires n'est même pas en mesure de se présenter aux épreuves ? Peu importe à quoi elle ressemble.

Peu importe si elle a de longues jambes ou si elle est courte sur pattes. Peu importe qu'elle soit pâle ou bronzée, avec des cheveux noirs, bruns, roux ou blonds. Peu importe qu'elle soit jolie ou non… Ce qui importe, c'est qu'elle peut sentir la chaleur du soleil sur sa peau. Qu'elle respire de l'air non filtré. Ce qui importe, c'est qu'elle vit dans le même monde qu'Olly. Pas moi. Cela ne m'arrivera jamais.

Je jette encore un coup d'œil. Sa main est toujours posée sur son épaule, et elle continue de rire. Il lève les yeux vers ma fenêtre en plissant les paupières, mais je sais qu'il ne me voit pas. Il agite la main au cas où. Je me cache de nouveau et fais semblant de ne pas être là ; c'est mieux pour nous deux.

« ALOHA » SIGNIFIE À LA FOIS BONJOUR ET AU REVOIR

J'ai encore annulé une soirée mère-fille, et maman s'arrête sur le pas de ma porte.

– Eh bien ? fait-elle.

– Désolée d'avoir annulé, maman. Je ne me sens pas très bien.

Elle pose aussitôt le dos de sa main sur mon front. Je précise :

– Mentalement, pas physiquement.

Je n'arrive pas à me sortir de l'esprit l'image de la Fille Mystère touchant l'épaule d'Olly.

Ma mère hoche la tête, mais ne retire pas sa main avant d'être certaine que je n'ai pas de fièvre. Je cherche à couper court ; j'ai vraiment envie qu'elle me fiche la paix.

– Tu comprends ?

– Moi aussi, j'ai été adolescente autrefois. Et fille unique. J'ai trouvé ça très pénible.

C'est pour ça qu'elle est là ? Parce qu'elle croit que je me sens seule ? Parce qu'elle pense que je traverse une sorte de crise d'adolescence ?

– Je ne me sens pas seule, maman, je *suis* seule ! C'est complètement différent !

Elle tressaille légèrement, mais ne part pas pour autant. Au lieu de cela, elle pose quelque chose qu'elle cachait dans sa main et me caresse la joue, jusqu'à ce qu'elle réussisse à croiser mon regard.

– Je sais, mon bébé.

Elle met de nouveau les mains derrière son dos.

– J'ai peut-être mal choisi mon moment. Tu veux que je m'en aille ?

Elle est toujours si attentive, si compréhensive ; c'est dur de lui en vouloir.

– Non, ça va. Je suis désolée. Reste.

Je remonte les jambes pour lui faire de la place à côté de moi, et je lui demande :

– Qu'est-ce que tu caches ?

– Un cadeau pour toi. Je me suis dit qu'avec ça tu te sentirais moins seule, mais, maintenant, je n'en suis plus si sûre.

Et elle tire de derrière son dos une photo encadrée. Je sens mon cœur se serrer dans ma poitrine. C'est une vieille photo de nous quatre (ma mère, mon père, mon frère et moi) sur une plage de sable blanc. Le soleil s'est couché derrière nous, et, comme le photographe a utilisé le flash, nous avons le visage illuminé, lumineux même, qui contraste avec le ciel noir.

Mon frère tient mon père par la main et, dans son autre main, il a un lapin en peluche. On dirait une version miniature de maman, avec ses cheveux noirs et raides, et ses yeux sombres. La seule différence, c'est qu'il a hérité de la peau plus foncée de mon père. Ce dernier porte un T-shirt sur lequel est écrit le mot *Aloha*, et un short assorti. « Gai luron », c'est le premier mot qui vient à l'esprit quand on le regarde. Mais c'est aussi un bel homme. Il a un bras passé autour des épaules de maman, et il paraît l'attirer vers lui. Il a les yeux plantés dans l'objectif de l'appareil. Il semble avoir tout ce dont il a toujours rêvé.

Ma mère est vêtue d'une robe d'été à fleurs rouge, sans bretelles. Ses cheveux humides ondulent autour de son visage. Elle ne porte ni maquillage ni bijoux. On croirait voir la copie conforme de la personne assise à côté de moi, mais dans un univers parallèle. Elle a l'air plus à son aise sur cette plage, entourée de ces gens, que prisonnière de ma chambre avec moi. Elle me porte dans ses bras, et elle est la seule à ne pas fixer l'objectif. Au lieu de cela, elle sourit en me regardant. Quant à moi, j'ai ce sourire idiot de bébé, tout en gencives.

Je n'avais encore jamais vu de photo de moi prise Dehors. Je ne savais même pas que ça existait.

Je demande :

– C'était où ?

– À Maui, l'une des îles d'Hawaï. C'était l'endroit préféré de ton père.

Sa voix est presque un murmure.

– Tu n'avais que quatre mois. C'était avant qu'on découvre pourquoi tu étais tout le temps malade. Et un mois avant l'accident.

Je serre le cadre contre ma poitrine. Les yeux de ma mère se remplissent de larmes.

– Je t'aime, dit-elle. Plus que tu ne l'imagines.

Je n'en ai jamais douté. J'ai toujours su qu'elle mettait tout son cœur à me protéger. Pour moi, sa voix a la douceur d'une berceuse. Je sens encore ses bras m'enlaçant pour m'endormir le soir, et ses baisers sur ma joue pour me réveiller le matin. Et moi aussi, je l'aime. Je suis consciente de tout ce à quoi elle a dû renoncer pour moi.

Je ne sais pas quoi lui répondre. Alors, je lui dis que je l'aime aussi. Ce n'est certainement pas suffisant, et pourtant ça semble lui suffire.

Après son départ, je me plante devant le miroir, le cadre levé à hauteur du visage. J'observe le moi de la photo, puis le moi du miroir, et vice-versa.

Une photo, c'est un peu comme une machine à remonter le temps. Soudain, ma chambre s'efface et je suis sur cette plage, entourée d'amour et d'air salé, environnée par la chaleur qui diminue, et les ombres qui s'allongent dans le crépuscule. J'emplis mes minuscules poumons d'autant d'air qu'ils peuvent en contenir, et je retiens mon souffle.

Je le retiens depuis tout ce temps.

LE MÊME JOUR, 21 HEURES 08

Quand je vais à la fenêtre, Olly m'y attend déjà. En grandes lettres épaisses, il écrit :

PARTENAIRE DE LABO

En mime, je lui réponds que je ne suis absolument pas jalouse.

LA MARIÉE IRA MAL

Il m'arrive de relire mes romans préférés en partant de la fin. Je commence par le dernier chapitre, et je lis à rebours jusqu'au premier.

Quand on lit de cette manière, les personnages vont de l'espoir vers le désespoir, de la connaissance de soi vers le doute. Dans les histoires d'amour, les couples sont d'abord amants, avant de devenir des étrangers. Les récits d'initiation se transforment en récits d'égarement. Des personnages reviennent même à la vie.

Si ma vie était un roman qu'on lisait à l'envers, rien ne changerait. Aujourd'hui est pareil à hier, demain sera pareil à aujourd'hui. Dans *Le Livre de Maddy*, tous les chapitres se ressembleraient.

Jusqu'à l'arrivée d'Olly.

Avant lui, ma vie était un palindrome : exactement la même dans les deux sens, comme dans « Léon a rasé César à Noël » ou « La mariée ira mal ». Olly est comme une lettre piochée au hasard, un grand X en caractère gras jeté au milieu d'une de ces phrases.

Et maintenant ma vie n'a plus aucun sens. Je voudrais presque ne jamais l'avoir rencontré. Comment pourrais-je retourner à mon existence d'avant ? Cette existence dans laquelle tous les jours s'étirent devant moi avec une similitude brutale et infinie ? Comment pourrais-je redevenir cette « fille-qui-lit » ? Non pas que je regrette l'ancienne vie que je passais plongée dans mes livres. Tout ce que je sais du monde, je l'ai appris grâce à eux. Mais la description d'un arbre ne sera jamais un arbre, et un millier de baisers de papier n'égaleront jamais la sensation des lèvres d'Olly posées sur les miennes.

LE MUR DE VERRE

Une semaine plus tard, je suis réveillée en sursaut. Je me redresse sur mon lit. Ma tête est brouillée par le sommeil, mais mon cœur bat à cent à l'heure. Il sait quelque chose que mon cerveau ignore encore.

Je louche vers le réveil : 3 heures du matin. Mes rideaux sont tirés, mais je perçois une lueur provenant de la chambre d'Olly. Je me traîne jusqu'à la fenêtre et j'écarte les rideaux. Toute la maison est inondée de lumière. Même celle du porche est allumée. Les battements de mon cœur s'accélèrent. Oh, non ! Est-ce qu'ils se bagarrent encore ?

Une porte claque. Un son ténu, mais bien reconnaissable. J'empoigne le rideau et j'attends, en priant pour qu'Olly se montre. Je n'ai pas à patienter longtemps : il surgit en vacillant sur le perron, comme si on l'y avait poussé.

Comme la dernière fois, je ressens le besoin impérieux de le rejoindre. Je veux le rejoindre. Je *dois* le rejoindre, le réconforter, le protéger.

Avec son aisance habituelle, il retrouve vite l'équilibre et fait face à la porte, les poings serrés. Je me prépare avec lui à recevoir une attaque qui ne vient pas. Il fixe la porte pendant une bonne minute sans baisser la garde. Je ne l'ai jamais vu aussi immobile.

Une autre minute passe, et sa mère le rejoint sous le porche. Elle essaie de lui toucher le bras, mais il se dérobe brutalement, sans la regarder. Alors, elle renonce. Dès qu'elle est partie, toute la tension semble quitter le corps d'Olly. Il enfouit le visage dans ses mains, et ses épaules se secouent. Puis il lève les yeux vers ma fenêtre. J'agite la main, mais il ne me répond pas. Je réalise qu'il ne peut pas me voir, puisque ma lumière est éteinte. Je me précipite vers l'interrupteur. Mais, le temps que je regagne la fenêtre, il n'est plus là.

Je presse mon front, mes mains et mes avant-bras contre la vitre.

Jamais, de toute ma vie, je n'ai eu autant envie de m'arracher à mon propre corps.

LE MONDE CACHÉ

Parfois le monde se révèle soudain à nous. Je suis seule dans la véranda qui s'assombrit. Le soleil de la fin d'après-midi découpe un rectangle lumineux à travers la vitre. Je lève les yeux et j'admire les particules de poussière, minuscules et scintillantes, qui y dérivent en suspension.

Il y a des mondes entiers qui existent à la lisière de notre perception.

DEMI-VIE

C'est une chose curieuse de constater qu'on est prêt à mourir. Ça ne se manifeste pas de façon fulgurante, comme une subite épiphanie. Non, ça arrive lentement, plutôt comme un ballon dont l'air s'échappe par un trou minuscule.

Le souvenir d'Olly pleurant seul sous le porche ne me quitte pas. J'examine toutes les photos qu'il m'a envoyées, et je m'imagine une place dans chacune d'elles. Maddy à la bibliothèque du lycée. Maddy à côté du casier d'Olly, avant de retourner en cours. Maddy, élue « élève la plus prometteuse ».

J'examine aussi chaque centimètre carré de ma photo de famille, en essayant d'en percer les secrets. Je m'émerveille de la Maddy en bonne santé, bébé Maddy dont la vie s'étire devant elle, pleine de possibilités infinies.

Depuis qu'Olly est entré dans ma vie, il y a deux Maddy : celle qui continue son existence à travers les livres et ne veut pas mourir, et celle qui vit pour de vrai, avec le pressentiment que la mort est un prix infime à payer pour cela. La première Maddy s'étonne du cours que prennent ses pensées. La seconde Maddy (peut-être la même que sur la photo à Hawaï ?) est au-dessus de tout, semblable à une déesse, insensible au froid, à la faim, à la maladie, aux catastrophes naturelles et humaines. Elle est même insensible à la maladie d'amour.

La seconde Maddy est consciente que cette pâle demi-vie n'est pas vraiment une vie.

AU REVOIR

Chère maman,

Avant toute chose, je t'aime. Tu le sais déjà, mais je n'aurai peut-être plus l'occasion de te le dire. Donc : je t'aime, je t'aime, je t'aime. Tu es intelligente et forte et douce et généreuse. Je n'aurais pas pu rêver d'une meilleure maman.

Tu ne comprendras sans doute pas complètement cette lettre. Je ne suis pas sûre de me comprendre vraiment moi-même.

Grâce à toi, je suis vivante, et je t'en suis très, très reconnaissante. Grâce à toi, j'ai survécu, et j'ai eu la chance de découvrir cette petite partie du monde qui est la mienne. Mais elle ne me suffit pas. Ce n'est pas ta faute. Mais cette vie-là est impossible.

Ce n'est pas seulement pour Olly que je fais ça. Ou peut-être que si. Je ne sais pas. Je ne peux pas l'expliquer. Tout a un rapport avec Olly, et en même temps rien n'a de rapport avec lui. Je n'arrive plus à regarder le monde comme avant. J'ai découvert cette nouvelle facette de ma personnalité, et cette nouvelle facette ne peut pas rester silencieuse et tranquille, simple observatrice du monde.

Tu te souviens de la première fois que nous avons lu « Le Petit Prince » ? J'étais tellement chamboulée quand il meurt, à la fin. Je ne comprenais pas qu'il puisse choisir la mort, juste pour retrouver sa rose. Je crois que je le comprends, maintenant. Il n'a pas choisi de mourir. La rose était toute sa vie. Sans elle, il n'était pas vraiment vivant.

Je ne suis pas sûre de savoir ce que je fais, maman, je sais juste que je dois le faire. Parfois j'aimerais redevenir celle que j'étais avant, avant d'ouvrir les yeux sur tout cela. Mais ce n'est pas possible.

Je suis désolée. Pardonne-moi. Je t'aime.

Maddy

LES CINQ SENS

L'OUÏE

Le clavier de l'alarme manque de trahir mon évasion en émettant un *BIP !* bruyant chaque fois que j'appuie sur une touche. Je prie pour que ça ne s'entende pas depuis la chambre de ma mère, très éloignée de l'entrée.

La porte s'ouvre avec un soupir.

Ça y est, je suis Dehors.

La rue est si tranquille que c'en est assourdissant.

LE TOUCHER

Le métal de la poignée de porte est froid, lisse, presque glissant. Il ne me reste plus qu'à la lâcher, ce que je fais.

LA VUE

Il est 4 heures du matin, et il fait trop sombre pour que je distingue bien le paysage. Mes yeux n'aperçoivent que la forme globale des choses, silhouettes floues se découpant sur le ciel nocturne. Un grand arbre, un autre plus petit, quelques marches, un jardinet, une allée en pierre menant à une palissade entourant un portail. Un portail, un portail, un portail.

L'ODORAT

Je suis dans le jardin d'Olly. L'air est lourd et riche de senteurs : les fleurs, la terre, ma peur de plus en plus grande. Je la cache tout au fond de mes poumons. Je prends des petits cailloux et les lance sur sa vitre.

LE GOÛT

Olly est devant moi, stupéfait. Je ne prononce pas un mot. Je pose mes lèvres sur les siennes. Tout d'abord, il reste pétrifié, hésitant, réticent, puis, tout à coup, il abandonne ses réserves. Il me serre très fort contre lui. Il passe une main dans mes cheveux et enlace ma taille.

Ses lèvres ont le même goût que dans mon souvenir.

D'AUTRES MONDES

Au bout d'un moment, nous reprenons un peu nos esprits. Enfin... surtout Olly. Il recule et m'attrape les épaules des deux mains.

– Qu'est-ce que tu fais là ? Tu vas bien ? Il y a un problème ? C'est ta mère ?

– Je vais bien, dis-je avec un grand sourire. Elle va bien, elle aussi. Je me suis enfuie.

L'éclairage de sa chambre au-dessus de nous projette juste assez de lumière pour que je puisse voir le trouble sur son visage.

– Je ne comprends pas, balbutie-t-il.

Je prends une grande inspiration, puis je me fige. L'air de la nuit est froid, humide et lourd, totalement différent de celui que j'ai toujours respiré jusque-là. J'essaie d'expirer, de le chasser de mes poumons. J'ai des fourmillements sur les lèvres et la tête qui tourne. Est-ce à cause de la peur, ou d'autre chose ?

– Maddy, Maddy..., murmure-t-il à mon oreille. Qu'est-ce que tu as fait ?

Je suis incapable de répondre. Ma gorge est bloquée, comme si j'avais avalé une pierre.

– Essaie de ne pas trop respirer, chuchote-t-il en me guidant vers ma maison.

Je le laisse m'entraîner pendant une seconde, peut-être deux, avant de m'immobiliser.

– Ça ne va pas ? s'inquiète-t-il. Tu peux marcher ? Tu veux que je te porte ?

Je secoue la tête et repousse sa main. J'inspire l'air de la nuit et je répète :

– Je t'ai dit que je m'étais enfuie.

Il émet un bruit qui ressemble à un grognement.

– Qu'est-ce que tu racontes ? Tu veux te suicider ?

– Au contraire. Tu vas m'aider ?

– Comment ?

– Je n'ai pas de voiture, je ne sais pas conduire. Et je ne connais rien du monde.

Il émet le même bruit, à mi-chemin entre un grognement et un petit rire. Si seulement je pouvais voir ses yeux... mais il fait trop noir.

Soudain, un claquement retentit. Une porte ? J'attrape sa main et l'entraîne au coin de sa maison.

– C'était quoi ?

– Mince ! Une porte. Chez moi.

Je m'aplatis contre le mur, comme pour y disparaître. Je jette un œil dans l'allée qui mène à ma maison, m'attendant à voir surgir ma mère. Mais je ne la vois pas.

Je ferme les yeux.

– Emmène-moi sur le toit.

– Maddy…

– Je t'expliquerai tout.

Mon plan dépend entièrement de son aide. Je n'ai même pas envisagé ce qui arriverait s'il refusait de m'aider.

Nous gardons le silence une seconde. Puis deux. Puis trois. Il me prend par la main, et nous contournons sa maison jusqu'au mur le plus éloigné de la mienne. Il y a une grande échelle qui mène au toit.

– Tu n'as pas le vertige ? me demande-t-il.

– Je ne sais pas.

Je commence à monter. Parvenue sur le toit, je me tasse sur moi-même pour me planquer, mais Olly me dit que ce n'est pas la peine.

– Personne ne lève jamais les yeux.

Il faut à mon cœur plusieurs minutes pour retrouver son rythme normal. Olly s'assoit avec sa grâce habituelle. Le regarder bouger suffit à me rendre heureuse.

– Et maintenant ? m'interroge-t-il.

J'observe les alentours. J'ai toujours eu envie de savoir ce qu'il faisait là-haut. Nous sommes assis sur une zone plate, derrière le toit à pignon. Dans l'obscurité, je distingue la forme de quelques objets : une petite table sur laquelle sont posées une tasse, une lampe et des feuilles de papier froissées. Peut-être qu'il vient ici pour écrire des poèmes, ou inventer des contrepèteries…

Je demande :

– Elle marche, cette lampe ?

Il l'allume sans un mot, et elle répand un cercle de lumière diffus. J'ai presque peur de le regarder.

Les papiers froissés sur la table sont des emballages de plats à emporter. Pas de poèmes secrets, donc. Près de la table, une bâche poussiéreuse recouvre quelque chose. Le sol est jonché d'outils : clés, pinces coupantes de tailles variées, marteaux, et d'autres trucs que je ne reconnais pas. Il y a même un chalumeau.

Enfin, j'ose tourner les yeux vers lui.

Il est assis, les coudes posés sur les genoux, et il regarde le ciel qui s'éclaircit lentement.

– Qu'est-ce que tu fais quand tu viens ici ?

– Ce n'est pas du tout le moment de parler de ça.

Sa voix est dure, et il ne me regarde pas. Il ne ressemble plus au garçon qui m'a embrassée quelques minutes plus tôt. La peur qu'il ressent pour moi a occulté tout le reste.

Parfois on fait les choses pour de bonnes raisons, parfois pour de mauvaises, et parfois il est impossible de différencier le bon du mauvais.

– J'ai des médicaments, dis-je.

Déjà qu'il bougeait à peine ; le voilà totalement immobile.

– Quels médicaments ?

– Ce sont des pilules expérimentales, que l'Agence du médicament n'a pas encore approuvées. Je les ai commandées en ligne. Au Canada.

Ce mensonge me vient naturellement, sans effort.

– En ligne ? Comment tu sais qu'elles sont sans danger ?

– J'ai fait beaucoup de recherches.

– Ce n'est pas une raison. Tu ne peux pas être sûre que...

– Je sais ce que je fais.

Je soutiens son regard sans ciller. C'est pour son bien que je lui mens. D'ailleurs, il a déjà l'air un peu soulagé. Je poursuis :

– Grâce à ces pilules, je devrais pouvoir rester quelques jours dehors. Je n'ai rien dit à ma mère parce qu'elle refuserait de prendre le moindre risque, mais...

– Donc c'est risqué ! Tu as dit toi-même qu'elles n'étaient pas autorisées...

– C'est sans danger pendant quelques jours.

Mon ton ne laisse pas de place au doute. J'attends, en priant pour qu'il ait avalé ce bobard.

– Et merde...

Il enfouit son visage dans ses mains et ne bouge plus. Quand il relève les yeux, il n'a plus cet air buté. Même sa voix s'est adoucie.

– Tu aurais pu me raconter ça avant.

Je fais mon possible pour alléger l'atmosphère.

– Quand ça? Pendant qu'on s'embrassait ? Ou pendant que tu m'engueulais ?

Je rougis autant à l'évocation du baiser qu'en raison de la facilité avec laquelle j'arrive à mentir.

– J'allais te le raconter. Je te le raconte, là. Je viens juste de te le raconter...

Il est bien trop futé pour être dupe, j'en suis sûre, mais il espère tellement que ce soit vrai. Il veut que ce soit vrai plus qu'il ne veut connaître la vérité. Le sourire qui fend son visage est encore hésitant, mais il est si beau que je ne peux pas le quitter des yeux. Pour ce sourire, je mentirais encore et encore.

– Bon, et maintenant… il y a quoi sous ce truc ?

Il me tend un coin de la bâche, que je soulève. D'abord, je ne suis pas sûre de ce que je vois.

– Ça s'appelle un planétaire, m'explique-t-il.

– C'est magnifique. C'est ça que tu fais ici ? Tu fabriques des univers ?

Il hausse les épaules.

Une légère brise se met à souffler, et les petites planètes fabriquées par Olly tournent doucement. Nous les admirons en silence.

– Tu es sûre de ta décision ?

À nouveau, il y a du doute dans sa voix.

– Aide-moi, Olly. S'il te plaît.

Je désigne le planétaire.

– Moi aussi, j'ai besoin de m'évader, juste pour un temps.

Il hoche la tête.

– Et tu veux aller où ?

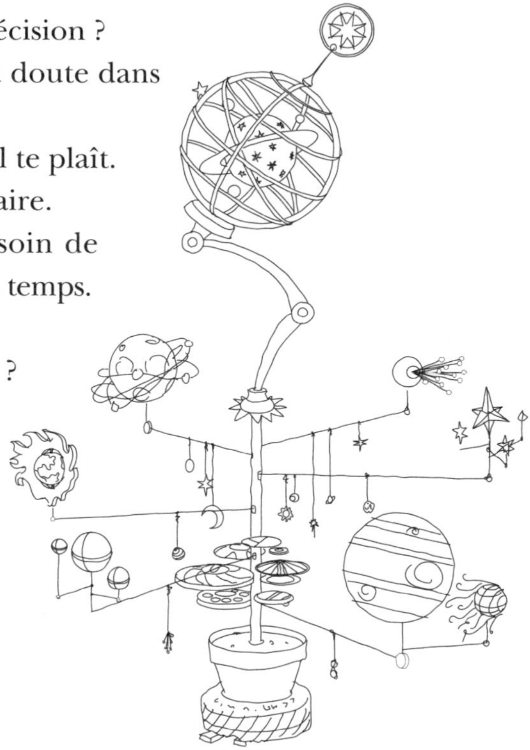

« ALOHA » SIGNIFIE À LA FOIS BONJOUR ET AU REVOIR #2

Email

NOUVEAU

BOÎTE DE RÉCEPTION
ÉLÉMENTS ENVOYÉS
BROUILLONS
INDÉSIRABLES
PLUS ▾

1 sur 2 778

Merci d'avoir choisi Plumeria Airlines !

Plumeria Airlines <custserv@plumeriaair.com>

Plumeria Airlines

Dites Aloha !

Détails de votre vol :

NUMÉRO DE CONFIRMATION : AFT00Q

DÉPART	DE	À	PASSAGER (S)	CLASSE	SIÈGE
Oct. 10, 2014 7h00	LAX Los Angeles	OGG Kahului	Madeline Whittier	Éco	21F
			Oliver Bright	Éco	21E

DÉJÀ LE BONHEUR

– Maddy, sérieusement, on ne peut pas aller à Hawaï.

– Pourquoi pas ? J'ai les billets d'avion. J'ai réservé l'hôtel.

Nous sommes assis dans la voiture d'Olly, dans l'allée. Il met la clé dans le contact, sans la tourner.

– Tu plaisantes ?

Il cherche sur mon visage la preuve que je suis en train de lui faire une blague et, comme il ne trouve pas, il secoue doucement la tête.

– Hawaï est à cinq mille kilomètres d'ici…

– D'où les billets d'avion…

Il ignore mon trait d'humour.

– Tu es vraiment sérieuse ? Tu as fait ça quand ? Comment ? Pourquoi ?

– Encore une, et on pourra jouer à « cinq questions sans réfléchir » !

Il se penche en avant, pose le front sur le volant.

– Oui, hier soir, avec une carte de crédit, parce que j'ai envie de voir le monde.

– Tu as une carte de crédit ?

– Depuis quelques semaines. Ça a quand même des avantages de traîner avec une fille plus âgée que toi...

Il se redresse, mais garde les yeux braqués devant lui.

– Et s'il t'arrive quelque chose ?

– Il ne m'arrivera rien.

– Mais si c'est le cas ?

– J'ai les pilules, Olly. Elles vont marcher.

Il ferme les yeux et met la main sur la clé.

– Tu sais qu'on peut déjà voir plein de choses en restant en Californie du Sud...

– Peut-être, mais pas de humuhumunukunukuapua'a.

Un demi-sourire se forme au coin de ses lèvres. Il faut absolument que j'arrive à le dérider complètement. Il se tourne vers moi :

– De quoi tu parles ?

– Du humuhumunukunukuapua'a.

– Quoi ? C'est quoi, ça, le humum-truc ?

– C'est un poisson. Le symbole d'Hawaï.

Son sourire s'élargit.

– Ah, bien sûr.

Il tourne la clé dans le contact. Ses yeux s'attardent sur sa maison, et son sourire s'efface à nouveau.

– Combien de temps ?

– Deux nuits.

Il prend ma main et l'embrasse.

– OK, on va trouver ce poisson.

L'humeur d'Olly s'améliore à mesure que nous nous éloignons de chez lui. Ce voyage est l'occasion de se libérer du poids de sa famille, pour un temps, du moins. Et puis, un de ses vieux copains de New York, Zach, habite maintenant à Maui.

– Tu vas l'adorer, me dit-il.

– Je vais tout adorer !

Le vol n'est qu'à 7 heures, et avant, je veux faire un petit détour...

La voiture me fait l'effet d'une bulle très bruyante, qui avance très vite. Olly refuse d'ouvrir les vitres. Il appuie même sur un bouton du tableau de bord qui coupe la circulation de l'air. Le bruit des pneus sur l'asphalte m'évoque quelqu'un qui me sifflerait dans les oreilles de façon insistante. Je me retiens de les boucher.

D'après Olly, on ne va pas vite, mais moi, j'ai l'impression de fendre l'espace à bord d'une fusée. J'ai lu qu'en raison de la vélocité, les passagers des trains à grande vitesse voient le monde en flou. Je sais bien que nous sommes loin de cette allure-là, pourtant le paysage bouge trop rapidement pour que mes yeux puissent s'y accrocher. C'est à peine si j'entrevois les maisons posées sur les flancs des collines à l'horizon. Au-dessus de nos têtes, des panneaux couverts de symboles lumineux et de noms s'en viennent et s'en vont avant que j'aie eu le temps de les déchiffrer. Les autocollants sur les pare-brise arrière et les plaques d'immatriculation des autres voitures défilent en un clin d'œil. Même si je sais que c'est absurde, je ne peux pas m'empêcher de trouver bizarre que mon corps se déplace alors que je suis immobile. Enfin… pas tout à fait immobile. Je suis plaquée contre mon siège quand Olly accélère et projetée en avant lorsqu'il freine. De temps en temps, nous ralentissons suffisamment pour que je voie les occupants des autres véhicules.

Par exemple, nous doublons une femme qui agite la tête en tapant sur son volant. Ce n'est qu'après l'avoir dépassée que je comprends qu'elle devait danser au rythme de la musique. Deux gamins à l'arrière d'une autre voiture me tirent la langue et éclatent de rire. Je ne réagis pas ; je ne sais pas comment on est censé réagir dans ces cas-là.

Nous quittons l'autoroute, et nous retrouvons une allure qui me semble plus humaine.

– Où sommes-nous ?

– À Koreatown, là où elle habite.

J'ai la tête qui bourdonne, à force d'essayer de tout regarder en même temps. Il y a des néons et des panneaux d'affichage brillamment éclairés, rédigés en coréen. Pour moi qui ne connais pas cette langue, ces panneaux sont comme des œuvres d'art aux formes étranges et merveilleuses. Bien sûr, ils ne disent sans doute rien de plus que *Restaurant* ou *Pharmacie ouverte 24h/24*.

Il est encore tôt, pourtant les gens sont déjà occupés à marcher dans la rue, discuter, s'asseoir, rester debout, courir ou faire du vélo. J'ai du mal à croire qu'ils sont réels. J'ai l'impression de voir les figurines que je place dans mes maquettes pour leur donner « l'énergie de la vie ».

À moins que ce soit moi qui ne suis pas vraiment réelle ? Pas vraiment ici ?

Nous roulons encore quelques minutes. Enfin, nous nous arrêtons devant une résidence à deux étages, avec une fontaine dans la cour.

Olly défait sa ceinture, mais ne se décide pas à sortir de la voiture.

– Il ne peut rien t'arriver, affirme-t-il.

Je lui prends la main.

– Merci.

C'est tout ce que je réussis à lui dire. Je voudrais ajouter que c'est grâce à lui si je suis ici, si je suis Dehors. Que l'amour ouvre toutes les portes.

J'étais heureuse avant de le rencontrer. Mais à présent je suis vivante, ce qui est totalement différent.

CONTAMINÉE

Dès qu'elle m'aperçoit, Carla pousse un cri en se couvrant le visage avec les mains.

– Mon Dieu, un fantôme !

Puis elle m'attrape par les épaules, me serre contre sa poitrine, me secoue à droite et à gauche, avant de me serrer à nouveau. Quand elle s'arrête enfin, je n'ai plus d'air dans les poumons.

– Qu'est-ce que tu fiches ici ? dit-elle sans reprendre son souffle. Tu *ne peux pas* être ici !

Elle s'écarte, secoue la tête comme si elle se trouvait face à une apparition, puis m'attire encore contre elle.

– Oh, mon trésor ! Comme tu m'as manqué !

Elle prend mes joues entre ses mains.

– Toi aussi, tu m'as manqué. Je suis tellement désolée pour…

– Stop. Tu n'as pas à t'excuser.

– À cause de moi, tu as perdu ton boulot.

– J'en ai trouvé un autre, réplique-t-elle en haussant les épaules. Le problème, c'est juste que tu me manques.

– Tu me manques aussi.

– Ta maman a fait ce qu'elle avait à faire.

Je ne veux pas penser à ma mère. Je cherche Olly du regard ; il est sorti de la voiture, mais se tient un peu à l'écart.

Je demande à Carla :

– Tu te souviens d'Olly ?

– Comment pourrais-je oublier un visage pareil ? Et ce corps ! répond-elle, assez fort pour qu'il l'entende.

Elle va vers lui et lui offre une accolade plus mesurée que celle que j'ai reçue.

– Tu prends bien soin d'elle, j'espère ?

Elle le lâche pour lui donner une petite claque, juste un peu trop fort. Olly se frictionne la joue en marmonnant :

– Je fais ce que je peux. Je ne sais pas si vous êtes au courant, mais elle est du genre têtu, parfois...

Carla nous dévisage tous les deux pendant une longue seconde, et je suis sûre qu'elle comprend parfaitement la situation. Nous sommes toujours sur le pas de la porte.

– Entrez, entrez..., dit-elle enfin.

– On ne pensait pas te trouver debout aussi tôt.

– On dort moins en vieillissant, tu verras...

Je suis tentée de répondre : « Si je vieillis... », mais je demande plutôt :

– Rosa est ici ?

– Elle est en haut, elle dort. Tu veux que j'aille la réveiller ?

– Non. De toute façon, on n'a pas beaucoup de temps. Je voulais juste te saluer.

Elle attrape de nouveau mon visage dans ses mains et m'examine, cette fois-ci avec ses yeux d'infirmière.

– J'ai loupé pas mal d'épisodes… Alors, qu'est-ce que tu fabriques ici ? Comment tu te sens ?

Olly fait un pas en avant, visiblement soucieux d'entendre ma réponse.

Je croise les bras sur mon ventre en répliquant, d'un ton un peu trop réjoui :

– Je vais très bien.

– Dis-lui pour les pilules, me souffle Olly.

– Quelles pilules ? s'enquiert Carla.

– On a des pilules. Expérimentales.

– Ça m'étonnerait que ta mère t'ait donné des pilules expérimentales.

– Je me les suis procurées moi-même. Maman ne sait rien.

Carla hoche la tête, satisfaite d'avoir vu juste.

– Et d'où tu les tiens ?

Je lui raconte la même histoire qu'à Olly, mais elle n'en croit pas un mot. Elle se cache la bouche derrière sa main et écarquille les yeux, retrouvant cet air qui la fait ressembler à un personnage de dessin animé. Je lui lance un regard appuyé, dans lequel, de tout mon cœur, je lui lance une supplique muette : « S'il te plaît, Carla, comprends-moi. S'il te plaît, ne me dénonce pas. C'est toi qui m'as dit que la vie est un cadeau… »

Elle se détourne et frotte un endroit sous sa poitrine en décrivant de petits cercles.

– Vous devez avoir faim. Je vais préparer un petit déjeuner.

Elle nous indique un canapé jaune vif qui a l'air ultraconfortable, avant de disparaître dans la cuisine.

– C'est exactement comme ça que j'imaginais sa maison, dis-je à Olly.

Je ne veux pas lui laisser le temps de poser des questions sur les pilules.

Aucun de nous deux ne s'assoit. Nous restons debout, à un pas ou deux de distance. Les murs sont peints dans des couleurs vives. Des bibelots et des photos recouvrent la moindre surface disponible.

– Elle n'a pas l'air fâchée par cette histoire de pilules, glisse néanmoins Olly.

Il se rapproche de moi, et je me crispe. J'ai peur qu'il flaire l'odeur du mensonge sur ma peau.

Je fais les cent pas dans le salon, admirant les photos sur lesquelles défilent des générations de femmes ressemblant à Carla. L'un des clichés, très grand, accroché au-dessus d'un fauteuil, montre Carla qui porte Rosa bébé dans les bras. Quelque chose sur cette image me rappelle ma mère. Sans doute la façon qu'elle a de regarder Rosa, non seulement avec amour, mais aussi avec une sorte de dureté, comme si elle était prête à tout pour la protéger. Jamais je ne pourrai rendre à ma mère ce qu'elle a fait pour moi.

Pour le petit déjeuner, Carla a préparé des *chilaquiles*, un plat typique du Mexique, composé de tortillas de maïs recouvertes de sauce, de fromage et de crème fraîche. C'est délicieux et original, mais je n'arrive à en avaler qu'une bouchée. Je suis trop nerveuse pour manger.

– Dites, Carla..., reprend Olly d'une voix débordante d'optimisme. D'après vous, ces pilules sont vraiment efficaces ?

– Peut-être, répond-elle en secouant pourtant la tête. Mais je préfère ne pas vous donner de faux espoirs...

J'aimerais bien lui demander pourquoi je ne suis pas encore malade, mais ce serait me vendre : je suis prise au piège par mon propre mensonge.

– Peut-être que ces pilules retardent la maladie, poursuit Carla. Ou peut-être que tu n'as tout simplement pas encore rencontré d'élément déclencheur.

– Ou peut-être que les pilules font leur boulot et empêchent la maladie..., insiste Olly.

Je m'aperçois qu'il a dépassé le stade de l'espoir. Il croit carrément au miracle.

Depuis l'autre bout de la table, Carla se penche pour lui tapoter la main.

– Tu es un bon garçon, lui dit-elle.

Puis, en évitant soigneusement mon regard, elle débarrasse nos assiettes et va les porter dans la cuisine.

Je la suis, en traînant les pieds sous le poids de la honte.

– Merci.

Elle s'essuie les mains sur un torchon.

– Je te comprends. Je comprends ce que tu fais.

– Je vais peut-être mourir, Carla.

Elle mouille une lavette et astique un coin du comptoir pourtant déjà propre.

– J'ai quitté Mexico en pleine nuit, sans rien emporter. Je ne pensais pas que je survivrais, à ce moment-là. Pas mal de gens ne sortent pas vivants de ce genre d'aventure… mais je suis partie quand même. J'ai laissé derrière moi mon père, ma mère, ma sœur et mon frère.

Elle rince la lavette et poursuit :

– Ils ont voulu m'en dissuader. Ils ont dit que la vie était plus précieuse, mais je leur ai répondu que c'était *ma* vie, et que c'était à moi de décider de son prix. Je partirais de toute façon, soit pour mourir, soit pour trouver une vie meilleure.

Elle rince à nouveau la lavette et l'essore.

– Quand j'ai quitté la maison, en pleine nuit, je me suis sentie incroyablement libre. Et même aujourd'hui, après tout ce temps, je crois que je ne me suis plus jamais sentie aussi libre que cette nuit-là.

– Et tu ne regrettes rien ?

– Si, bien sûr. Le voyage a été très dur. Et puis, quand mes parents sont morts, je n'ai pas pu aller à leur enterrement. Rosa ne connaît rien de ses origines. Personne ne vit sans le moindre regret…

Et moi, que vais-je regretter ? Des images passent en boucle dans mon esprit : ma mère seule dans ma chambre blanche, se demandant où sont passés tous ceux qu'elle aimait. Ma mère seule dans un pré verdoyant, baissant les yeux vers ma tombe, celle de mon père, celle de mon frère. Ma mère mourant toute seule dans cette grand maison.

Carla pose une main sur mon bras, et je repousse au loin toutes ces pensées, sans la moindre pitié. Je ne peux pas songer à tout cela. Je ne pourrai pas vivre si j'y pense.

Je soupire :

– Peut-être que je ne tomberai pas malade…

– Effectivement, confirme Carla, et, comme un virus, l'espoir se répand dans tout mon corps.

@+

9:41 AM
Messages
Kara
5h01
Oliver Bright
Reviens dans 2 jours, sois sage
Envoyer

FAQ : VOTRE PREMIER VOL

Q : Quel est le meilleur moyen de soulager la douleur dans les oreilles causée par le changement d'altitude ?

R : Mâcher du chewing-gum. Et faire des bisous.

Q : Quel est le meilleur siège : fenêtre, milieu ou couloir ?

R : Fenêtre, sans aucun doute. Le monde est incroyable, vu de 10 000 mètres d'altitude. Remarque : être assise à côté de la fenêtre signifie que votre compagnon, lui, peut se retrouver assis à côté d'un raseur particulièrement loquace. L'embrasser (votre compagnon, pas le raseur) peut également se révéler utile dans cette situation.

Q : Combien de fois par heure l'air de la cabine est-il renouvelé ?

R : Vingt fois.

Q : Les couvertures distribuées dans les avions peuvent-elles couvrir plusieurs personnes ?

R : Oui, deux. À condition de relever l'accoudoir et de vous blottir l'un contre l'autre.

Q : Comment l'humain a-t-il pu inventer à la fois des choses aussi fantastiques que l'avion et aussi horribles que la bombe atomique ?

R : Les humains sont des êtres mystérieux et pleins de paradoxes.

Q : Risque-t-on de rencontrer des turbulences ?

R : Oui. Dans la vie, on rencontre tous des turbulences.

TAPIS ROULANT

– Je trouve que le tapis roulant est une métaphore parfaite de la vie, déclare Olly, debout au bord du tapis à bagages encore à l'arrêt.

Ni l'un ni l'autre n'avons enregistré de bagages. Tout ce que j'ai, c'est un petit sac à dos contenant le minimum vital : une bosse à dents, des sous-vêtements de rechange, un guide touristique sur Hawaï, et mon exemplaire du *Petit Prince*. Je devais l'emporter, bien entendu. Je vais le lire une fois de plus pour voir si la signification me semble avoir changé.

Je demande :

– Tu t'es fait cette réflexion il y a longtemps ?

– Non, à l'instant.

Il aime bien les théories débiles, et je vois qu'il attend que j'insiste pour avoir les détails.

– Tu veux encore y réfléchir avant de me faire profiter des explications ?

Il secoue la tête et bondit du tapis, juste devant moi.

– Je préfère que tu en profites maintenant, si tu veux bien.

D'un geste magnanime, je l'encourage à poursuivre.

– Dès que tu nais, tu es projeté dans ce truc un peu dingue qu'on appelle la vie, et qui tourne, tourne…

– Et dans ta théorie, les bagages, ce sont les gens ?

– Oui.

– Continue…

– Parfois, tu tombes du tapis prématurément. Parfois, tu es tellement abîmé par d'autres bagages qui te sont dégringolés dessus que tu ne fonctionnes plus normalement. Parfois, tu es perdu, oublié, et tu passes ton existence à tourner, tourner…

– Et les autres, ceux qui retrouvent simplement leur propriétaire ?

– Ils vont mener une vie banale au fond d'un placard quelconque.

J'ouvre et referme plusieurs fois la bouche, sans trouver quoi répondre. Il prend ça pour un consentement.

– Tu vois, ça tient la route, comme théorie !

Il a le regard moqueur.

– Oui, impeccable, dis-je, en pensant à lui plutôt qu'à sa théorie.

J'entremêle mes doigts aux siens, et je regarde autour de moi.

– C'est comme dans tes souvenirs ?

Olly est déjà venu ici ; il y a passé des vacances en famille quand il avait dix ans.

– Je ne me rappelle pas grand-chose. Juste mon père disant que les Hawaïens auraient pu dépenser quelques dollars de plus pour nous donner une meilleure première impression.

Le hall d'arrivée est pourtant bondé de gens venus accueillir les nouveaux arrivants : des femmes vêtues de longues robes à fleurs, arborant des pancartes de bienvenue et portant autour des poignets des colliers d'orchidées mauve et blanc. L'air ne sent pas l'océan. Il charrie une odeur industrielle de kérosène et de produits d'entretien. Je pourrais presque l'aimer, cette odeur, puisqu'elle est synonyme de voyage. Autour de nous, des vagues de bruit s'élèvent et retombent, ponctuées par les chœurs de « *Aloha !* » lancés par les Hawaïennes. Comme accueil couleur locale, je trouve que ce n'est pas mal du tout, moi. Je me demande comment le père d'Olly a fait pour traverser le monde sans voir à quel point il est précieux.

– Dans ta théorie des bagages, ta mère est une valise abîmée ?

Olly hoche la tête.

– Et ta sœur ? C'est un sac qui se perd et qui tourne sans fin ?

Nouveau hochement de tête.

– Et toi ?

– Pareil que ma sœur.

– Et ton père ?

– Il est le tapis roulant.

J'attrape sa main en secouant la tête :

– Non, Olly, il n'a pas un rôle aussi important.

Je l'ai gêné. Il retire sa main et s'éloigne discrètement, en faisant mine d'observer le terminal.

– Ma chère, il te faut un collier de fleurs, déclare-t-il ensuite.

Il fait signe à l'une des femmes qui n'a pas encore retrouvé ses proches. Je proteste :

– Arrête, Olly...

– Mais si ! insiste-t-il. Attends ici...

Il va vers la femme, qui commence par secouer la tête. Mais Olly persévère, comme à son habitude. Quelques secondes plus tard, tous deux regardent dans ma direction. J'esquisse un geste de la main, en m'efforçant d'avoir l'air gentille et amicale, l'air du genre de personne à qui on a envie d'offrir un collier de fleurs. La femme cède, et Olly revient, victorieux. J'avance la main pour m'emparer du collier, mais il veut le passer lui-même autour de mon cou. Je me souviens de ce que j'ai lu dans le guide de voyage.

– Tu savais que, à l'origine de cette tradition, les colliers de fleurs étaient réservés aux membres de la famille royale ?

D'une main, il rassemble mes cheveux et me caresse la nuque, avant de laisser retomber le collier.

– Qui ne sait pas ça, princesse ?

Je joue avec le collier, et j'ai l'impression qu'un peu de sa beauté a déteint sur moi.

– *Mahalo nui loa*, dis-je. Ça signifie : « Merci beaucoup. »

– Tu as appris le guide par cœur ?

Je confirme d'un signe de tête.

– J'adorerais avoir une valise. Je collerais dessus des autocollants de chaque pays où je serais allée. Je l'emballerais de film plastique avant de monter dans l'avion. Et, en l'apercevant sur le tapis roulant, je m'y cramponnerais à deux mains, tellement contente de la retrouver, car cela signifierait que l'aventure va commencer…

Olly me dévisage avec l'air d'un athée qui, à défaut de preuve, vient d'être confronté à la possibilité de l'existence de Dieu. Il m'attire contre lui et m'enveloppe complètement dans ses bras, enfouissant son visage dans mes cheveux, et pressant ma joue contre son torse, si fort qu'aucune lumière ne filtre entre nos deux corps.

– Ne meurs pas, murmure-t-il.

– Promis.

LE DICTIONNAIRE DE MADELINE

Promesse [pʁɔ.mɛs] : n.f. **Sens 1** : Mensonge auquel on tient. (*Whittier*, 2015)

ICI ET MAINTENANT

D'après le guide, l'île de Maui a la forme d'un crâne. Notre taxi va nous emmener le long de la nuque, de la mâchoire, du menton, de la bouche, du nez et du large front. J'ai réservé l'hôtel à Ka'anapali, qui, géographiquement parlant, se trouve à la racine des cheveux.

À un détour, j'aperçois soudain l'océan sur notre gauche, parallèle à la route. Il ne doit pas être à plus de dix mètres de moi. Je suis soufflée. On croirait que cette immense étendue va jusqu'à l'autre bout de la Terre.

– Quand je pense que je suis passée à côté de tout ça… À côté du monde entier…

– Une chose à la fois, Maddy, me chuchote Olly. Nous sommes là, maintenant.

Je contemple ses yeux de la même couleur que l'océan et je m'y noie. Il y a tant à regarder que c'est difficile de savoir par quoi commencer. Le monde est trop grand, et je n'ai pas assez de temps pour le découvrir.

À nouveau, Olly semble lire dans mes pensées :

– Tu veux qu'on s'arrête pour jeter un œil au paysage ?

– Oui, bonne idée.

Il demande au chauffeur s'il est d'accord pour faire une halte, et celui-ci répond qu'il connaît justement un chouette endroit non loin de là, une zone de pique-nique dans un petit parc.

Je saute de la voiture avant même que le moteur soit coupé. L'océan est tout proche, de l'autre côté de la dune, après la plage.

Olly me suit à quelques pas.

L'océan.

C'est plus bleu, plus grand, plus turbulent que je ne l'imaginais. Le vent soulève mes cheveux, le sable et le sel fouettent ma peau, entrent dans mon nez. J'attends d'être en bas de la dune pour retirer mes chaussures. Je retrousse mon pantalon aussi haut que possible. Le sable est chaud, sec et mouvant. Il dévale mes pieds, s'insinue entre mes orteils. Il change quand je m'approche de l'eau : le voilà collant, il fait comme une seconde peau sur mes pieds. Tout au bord de l'eau, il change de nouveau, et devient d'une texture aussi douce que du velours liquide, dans lequel mes pieds laissent leur empreinte.

Finalement, l'eau vient lécher mes orteils, puis mes chevilles, puis mes mollets. Je continue d'avancer jusqu'à ce qu'elle m'arrive aux genoux et mouille mon jean.

– Fais attention ! crie Olly, quelque part dans mon dos.

Étant donné le contexte, je ne comprends pas ce qu'il veut dire. Attention à ne pas me noyer ? Attention à ne pas attraper froid ? Attention parce que, une fois qu'on a goûté au monde, il fait partie de nous ?

Oui, parce qu'il n'y a plus aucun doute, maintenant. Le monde fait partie de moi. Et je fais partie de lui.

LE DICTIONNAIRE DE MADELINE

Océan [ɔ.se.ɑ̃] : n.m. **Sens 1** : Part d'infini en soi que l'on ignore, mais dont on soupçonne la présence depuis toujours. (*Whittier*, 2015)

CHOISISSEZ VOTRE RÉCOMPENSE

Notre hôtel est situé sur la plage. Depuis le petit hall d'entrée à ciel ouvert, on peut voir la mer et la sentir. Nous sommes accueillis avec des « *Aloha !* » et des colliers de fleurs. Olly m'offre le sien, si bien que j'en ai trois autour du cou. Un homme en chemise hawaïenne jaune et blanche nous propose de prendre nos valises inexistantes. Olly baragouine un mensonge au sujet de bagages perdus, et m'entraîne avant que le porteur puisse nous poser d'autres questions.

À la réception, je donne un coup de coude discret à Olly, et lui passe les papiers de réservation. La femme derrière le comptoir nous salue chaleureusement :

– Monsieur et madame Whittier, bienvenue à Maui !

Olly ne corrige pas son erreur. Au contraire : il m'attire vers lui et m'embrasse bruyamment.

– *Mahalo* beaucoup ! réplique-t-il avec un large sourire.

– Vous restez… deux nuits, n'est-ce pas ?

Olly me jette un coup d'œil interrogateur, et je confirme d'un hochement de tête.

La réceptionniste tapote sur le clavier de son ordinateur, puis nous annonce que, même s'il est très tôt, notre chambre est prête.

Elle nous remet une clé et un plan de l'hôtel, et précise que le buffet du petit déjeuner est inclus dans le prix de la chambre.

– Profitez bien de votre lune de miel ! conclut-elle avec un clin d'œil.

La chambre est petite, très petite même, et décorée dans le même style que le hall d'entrée, avec des meubles en tek et de grands tableaux représentant des fleurs tropicales aux couleurs éclatantes. Notre balcon (qu'ici on appelle un *lanai*) surplombe un jardinet et un parking.

Debout au milieu de la pièce, je tourne sur moi-même pour examiner ce qu'on estime être le minimum vital pour un voyage temporaire : une télé, un mini-frigo, un énorme placard, un bureau et une chaise. Je tourne à nouveau sur moi-même, en me demandant s'il ne manque pas un petit détail…

– Où sont les lits ? Sur quoi on dort ?

Olly paraît un instant déconcerté, puis il repère quelque chose.

– Tu parles de… ça ?

Il avance jusqu'au meuble que j'ai pris pour un placard, attrape deux lanières qui en dépassent et tire dessus, faisant descendre un grand lit.

– Et voilà ! déclare-t-il. Un parfait exemple de mobilier moderne, formidable gain de place ; le summum du style et du confort… j'ai nommé : le lit Murphy !

– Murphy ? Qui c'est, ça ? dis-je, toujours surprise qu'un lit ait jailli du mur.

– L'inventeur de ce lit ! réplique Olly.

La pièce paraît encore plus petite, une fois que le lit est déplié. Nous le fixons un peu trop longtemps, puis Olly se tourne vers moi. Je rougis jusqu'aux oreilles avant même qu'il ait ouvert la bouche :

– Il n'y a qu'un lit.

Son ton est neutre, mais son regard ne l'est pas. La lueur qui brille dans ses yeux me fait rougir davantage.

– Bon…, bredouille-t-on, tous les deux en même temps.

Nous éclatons d'un rire gêné et maladroit, et nous rions encore plus en constatant à quel point nous sommes gênés et maladroits. Puis Olly détourne enfin le regard et fait mine de chercher quelque chose dans la pièce.

– Où tu as mis le guide ? demande-t-il.

Il s'empare de mon sac à dos, fouille dedans, mais, au lieu du guide, il en sort mon exemplaire du *Petit Prince*.

– Je vois que tu as emporté l'essentiel…, me taquine-t-il en le brandissant.

Il saute sur le lit, sur lequel il se laisse rebondir. Les ressorts du matelas Murphy protestent bruyamment.

– C'est celui-là, ton livre préféré de tous les temps ?

Il retourne l'ouvrage dans ses mains.

– Je l'ai lu au collège. Et j'ai bien peur de n'avoir rien compris…

– Tu devrais réessayer. Le sens de ce livre change à chaque nouvelle lecture.

Il se redresse pour me dévisager.

– Parce que… tu l'as lu combien de… ?

– Quelques fois.

– Plus que trente ?

– Mmm… oui, j'avoue, plus que trente.

Il sourit et ouvre le roman à la première page.

– « Ce livre appartient à Madeline Whittier. »

Il tourne la page de titre et continue :

– « Si vous trouvez ce livre, choisissez votre récompense (plusieurs réponses possibles)… Un tour avec moi (Madeline) dans une librairie d'occasion ; une plongée en masque et tuba avec moi (Madeline) au large de l'île de Molokini à la recherche du poisson emblème de l'État d'Hawaï, le "baliste écharpe"… »

Il interrompt sa lecture à voix haute et la poursuit en silence.

– Quand est-ce que tu as écrit ça ? demande-t-il ensuite.

J'avance d'un pas, dans l'idée de le rejoindre sur le lit, mais je dois soudain m'arrêter : autour de moi, la pièce tourne un peu. J'essaie encore d'avancer, et je suis prise d'un nouveau vertige. Je fais volte-face et m'assois par terre. Mon cœur se contracte si violemment dans ma poitrine que j'en ai le souffle coupé.

Aussitôt, Olly est à côté de moi.

– Maddy, qu'est-ce qui se passe ? Quelque chose ne va pas ?

Oh, non ! Pas déjà ! Je ne suis pas prête…

– J'ai la tête qui tourne. Et mon estomac…

– Il faut aller à l'hôpital ?

En réponse, mon estomac pousse un grognement long et puissant. Je lève les yeux vers Olly :

– Je crois que j'ai…

– ... faim, concluons-nous d'une même voix.

La faim.

C'est ça que je ressens. Pas la maladie. J'ai juste faim, c'est tout.

Je confirme :

– Je suis affamée.

Ces dernières vingt-quatre heures, je n'ai mangé qu'une bouchée de *chilaquiles* et la pomme de la Méchante Infirmière.

Olly éclate de rire en s'effondrant sur le lit.

– J'ai eu tellement peur que tu sois sur le point de mourir à cause de quelque chose dans l'air…

Il cache ses yeux derrière ses mains.

– Mais non : c'est de faim que tu meurs !

En fait, je n'ai jamais eu aussi faim de toute ma vie. Depuis toujours, je prends trois repas et deux goûters à heures fixes chaque jour. Il faut dire que Carla croit beaucoup aux vertus de la nourriture ; d'après elle, « quand l'appétit va, tout va ».

Je m'allonge en riant, moi aussi.

Mon cœur se serre de nouveau, mais cette fois je décide de l'ignorer.

SE SOUVENIR DU PRÉSENT

Je me sens beaucoup mieux après avoir mangé. Il nous faut maintenant trouver des affaires de plage et, d'après Olly, des souvenirs. Nous faisons donc une halte dans une boutique baptisée fort à propos : *Supermarché et boutique de souvenirs de Maui.* Je n'ai jamais vu un tel bazar ; je reste abasourdie devant cette incroyable accumulation d'objets. Des piles et des piles de T-shirts et de casquettes sur lesquels on peut lire *Maui* ou *Aloha,* ou une autre inscription du même genre. Des portants ployant sous des quantités de robes à fleurs de toutes les couleurs. Des tourniquets croulant sous les babioles destinées aux touristes : des porte-clés, des verres à liqueur, des magnets… Un présentoir entier est dédié aux porte-clés en forme de planche de surf, avec des prénoms peints dessus et rangés par ordre alphabétique ; je cherche « Oliver » et « Madeline », mais je ne trouve pas.

Je m'arrête face à un mur recouvert de calendriers où figurent des photos de surfeurs torse nu. On ne peut pas vraiment dire qu'ils soient repoussants. Olly se place derrière moi et passe un bras autour de ma taille.

– Je suis jaloux, me murmure-t-il à l'oreille.

J'éclate de rire et lui caresse le bras.

– Tu m'étonnes…

Je décroche un calendrier.

– Tu ne vas quand même pas…

– C'est pour Carla ! dis-je.

– Mais bien sûr…

– Et toi, tu as trouvé quelque chose ?

Je pose la tête contre son torse.

– Un collier de coquillages pour ma mère. Un cendrier en forme d'ananas pour Kara.

– Pourquoi les gens achètent-ils toutes ces bêtises quand ils sont en vacances ?

Il me serre un peu plus fort contre lui.

– Ça n'a rien d'étrange, rétorque-t-il. C'est pour ne pas oublier de se souvenir…

Je me retourne tout en restant dans ses bras : c'est devenu l'endroit que je préfère au monde. Un endroit familier et étrange à la fois, réconfortant et grisant.

Je répète en brandissant le calendrier :

– Ceci est pour Carla ! Et je vais aussi lui prendre des noix de macadamia au chocolat. Et pour moi, une robe.

– Et pour ta mère ?

Quel genre de souvenir peut-on rapporter à une mère qui vous a chérie toute sa vie, qui a tout sacrifié pour vous ? Et que vous ne reverrez peut-être jamais ? Franchement, rien ne peut faire l'affaire…

Je repense à la vieille photo qu'elle m'a donnée, celle où on nous voyait tous les quatre à Hawaï. Je n'ai aucun souvenir de ce moment, aucun souvenir d'avoir été sur cette plage avec mon frère, mon père et ma mère. Elle, si. Elle se souvient de moi à cette époque-là, elle se souvient de cette vie que je n'ai jamais eue.

Je m'écarte d'Olly et me promène dans la boutique. À dix-huit ans, les autres s'éloignent de leurs parents. Ils quittent la maison, construisent leur propre vie, se fabriquent leurs propres souvenirs. Pas moi. Ma mère et moi avons partagé le même espace clos et respiré le même air filtré pendant si longtemps que ça me fait bizarre d'être là, sans elle. De me fabriquer des souvenirs sans elle.

Que va-t-elle faire si je ne rentre jamais à la maison ? Rassemblera-t-elle toutes les affaires qui lui feront penser à moi ? Les ressortira-t-elle pour les examiner et revivre ces souvenirs, encore et encore ?

Je voudrais qu'elle ait une trace de cet instant, cet instant sans elle. Quelque chose pour penser à moi. Je trouve un présentoir de cartes postales vintage et je lui écris la vérité.

LE MAILLOT DE BAIN

J'aurais peut-être dû essayer ce maillot de bain avant de l'acheter. Non qu'il ne soit pas seyant… Il est très seyant, même, un peu trop… Est-ce que je suis vraiment censée apparaître en public aussi peu vêtue ?

Dans la salle de bains, je compare mon véritable corps, en chair et en os, à celui qui se reflète dans le miroir. Le maillot est un une-pièce rose vif avec de fines bretelles. Le rose est si éclatant qu'il me donne des couleurs aux joues. J'ai bonne mine, comme une fille habituée au soleil d'été.

L'humidité a rendu mes cheveux encore plus volumineux. J'essaie de les dompter en les nouant en une longue tresse. Je jette un nouveau coup d'œil dans le miroir. Le seul moyen de dompter ce maillot de bain serait de lui ajouter quelques vêtements, de préférence *tous* mes vêtements. Je continue à m'examiner. Dans cette tenue, je ne peux pas nier que j'ai des seins et des jambes. Tout semble être bien à sa place et dans des proportions relativement harmonieuses.

Je me contorsionne pour vérifier si mes fesses sont bien couvertes ; elles le sont, mais tout juste. Que penserais-je de cette image dans le miroir si j'étais une fille normale ? Est-ce que je me trouverais trop grosse ou trop mince ? Est-ce que je ne supporterais pas mes hanches, ou ma taille, ou mon visage ? Est-ce que je serais complexée ? Car, en l'état actuel des choses, le problème avec mon corps, c'est que je l'échangerais volontiers contre n'importe quel autre qui fonctionne convenablement…

Olly frappe à la porte.

– Tu barbotes ?

Il va bien falloir que je sorte de cette salle de bains, mais je suis si nerveuse ! Est-ce qu'il trouvera, lui, que tout chez moi est bien à sa place ? D'une voix un peu tremblante, je réponds :

– Non, je fais de la pêche au gros…

– Super ! Alors, on aura des sushis pour…

J'ouvre la porte d'un coup, comme on arrache un sparadrap, histoire d'en finir.

Olly en reste muet. Ses yeux se promènent lentement de mon visage à mes pieds, puis remontent encore plus lentement.

– Tu es en maillot de bain, constate-t-il, en arrêtant son regard sur un point entre mon cou et ma poitrine.

– En effet…

Je plonge mes yeux dans les siens, et ce que j'y vois me donne l'impression d'être complètement nue. Les battements de mon cœur s'accélèrent ; je respire profondément pour essayer de les calmer, mais ça ne marche pas.

Il caresse mes bras, de mes mains à mes épaules, et me serre contre lui. Il pose son front contre le mien. Son regard est brûlant.

– Ce maillot de bain…, commence-t-il.

Je conclus à sa place :

– … est beaucoup trop petit.

LES POISSONS DU RÉCIF HAWAÏEN

SAUT DANS LE VIDE

Olly est surpris de me voir entrer dans l'eau sans hésiter. Il me compare à un gamin fonçant tête baissée, sans conscience du danger. Alors, comme une gamine, je lui tire la langue et je continue à m'enfoncer dans la mer avec mon gilet de sauvetage.

Nous sommes sur la plage de Black Rock, ainsi surnommée en raison des falaises de lave noire qui s'élèvent presque jusqu'au ciel. Elles dessinent une sorte de croissant, qui atténue la puissance des vagues et délimite une zone idéale pour nager avec un tuba. D'après le type de l'office de tourisme, c'est aussi l'endroit préféré des gens qui pratiquent le *cliff-diving*[1].

L'eau est froide, salée et délicieuse. J'ai dû être une sirène dans une autre vie, me dis-je. Une sirène-astronaute-architecte. Les palmes et le gilet m'aident à rester à la

1. Activité consistant à plonger de très haut, par exemple du haut d'une falaise.

surface et, au bout de quelques minutes, je n'ai plus aucun mal à respirer avec le tuba. Le son amplifié de ma propre respiration me procure un sentiment à la fois de paix et de grande euphorie. Chaque inspiration me confirme le fait que je ne suis pas seulement en vie : je VIS.

Nous repérons rapidement un humuhumunukunukua-pua'a. Il faut dire qu'il y en a beaucoup au large d'Hawaï ; c'est sans doute pour cela qu'il s'agit de l'emblème de l'île. La plupart des poissons sont regroupés près des rochers. Je n'ai jamais vu de couleurs aussi intenses : il ne s'agit pas juste de bleu, de jaune ou de rouge ; il s'agit du bleu le plus profond, du jaune le plus vif et du rouge le plus vibrant qu'il m'ait jamais été donné d'admirer. Quand on s'éloigne des rochers, les rayons du soleil projettent dans l'eau des colonnes de lumière. Des bancs de poissons y filent comme des flèches, comme s'ils étaient animés par un seul esprit.

Nous continuons à avancer main dans la main, et nous apercevons des raies semblables à d'immenses oiseaux au ventre blanc. Puis deux énormes tortues de mer, qui paraissent voler plus que nager. Je sais bien qu'elles sont inoffensives, mais elles sont si impressionnantes, si à l'aise dans ce monde sous-marin (contrairement à moi) que je me fige pour éviter d'attirer leur attention.

Je pourrais rester là toute la journée, mais Olly m'entraîne vers le rivage. Il ne voudrait pas que le soleil de midi nous donne des coups de soleil – enfin, plutôt, *me* donne des coups de soleil.

De retour sur la plage, nous nous faisons sécher à l'ombre d'un arbre touffu. Je me rends bien compte qu'Olly me fixe quand il croit que je regarde ailleurs, mais nous faisons tous les deux partie du fan-club de l'autre : je l'observe en cachette, moi aussi. Il n'a pas remis son T-shirt, je peux donc admirer ses épaules fines et musclées, son torse, son ventre. Je voudrais imprimer dans ma mémoire chaque détail de son corps. Cette idée me fait frissonner, et je me blottis dans ma serviette. Olly pense que j'ai froid ; il se rapproche de moi et passe sa propre serviette autour de mes épaules. Il sent l'eau de mer et cette odeur particulière qui est la sienne. Je me choque moi-même en m'apercevant que j'ai envie de goûter à sa peau, de savoir si elle a un goût de sel et de soleil. Je lève les yeux vers son visage. Sans me regarder, il me serre dans la serviette en m'enveloppant si bien que pas un centimètre carré de ma peau ne dépasse. Puis il s'écarte. J'ai l'impression qu'il s'efforce de garder le contrôle de lui-même.

Je préférerais qu'il n'y arrive pas.

Olly observe le haut de la falaise, d'où des gens, surtout des ados, se jettent dans l'océan.

– Ça te dirait de sauter de ce gros rocher ? demande-t-il.

– Je ne sais pas nager, je te rappelle…

– Eh bien, tu boiras la tasse ; ça n'a jamais tué personne ! réplique celui qui, un jour, m'a mise en garde contre l'océan, cruel et impitoyable.

Il m'attrape la main, et nous courons vers la falaise. Vue de près, la roche ressemble à une grosse éponge noire et dure. Elle me fait mal aux pieds quand je monte dessus, et je mets du temps à trouver des prises où poser mes mains, mais nous finissons par atteindre le sommet.

Olly a hâte de plonger. Il ne prend même pas le temps d'admirer le paysage.

– On y va ensemble ? dit-il en scrutant l'eau scintillante en dessous.

– Vas-y d'abord…

Il hoche la tête.

– OK. Comme ça, je pourrai te sauver de la noyade.

Il saute très loin de la falaise et accomplit un salto complet avant de fendre les flots telle une flèche. Quelques secondes plus part, il réapparaît à la surface et agite la main. Je lui rends son salut, puis je ferme les yeux pour faire le point sur la situation. La seconde avant de sauter du haut d'une falaise me semble en effet être le moment idéal pour faire un point. Je veux sauter, comme Olly. Je rouvre les yeux et le cherche dans l'eau ; il est là, il m'attend. Étant donné ce que l'avenir me réserve, sauter du haut de cette falaise n'est finalement pas si effrayant.

CONSIGNES POUR SAUTER D'UNE FALAISE

Guide touristique de Maui – Les alentours de Ka'anapali

SORTEZ DES SENTIERS BATTUS !

CLIFF DIVING

Voici ce qui arrive quand on saute d'une falaise de dix mètres de haut, dans l'océan Pacifique, les pieds devant, les bras fouettant l'air.
La chute est si saisissante qu'en tombant on ne peut s'empêcher de crier. On sent d'abord comme une claque sous nos pieds, puis l'eau froide et salée s'engouffre dans notre nez.
Tout est noir (normal, on a fermé les yeux), silencieux (si ce n'est le bruit de l'eau qui se précipite derrière nous pour combler le vide créé par notre corps) et froid (mais pas trop, car la mer a fabriqué autour de nous une poche d'air chaud). Il faut plus longtemps que ce qu'on s'imagine pour regagner la surface et, pendant un instant, on a l'impression d'être parti sur une autre planète (ou dans le néant). Enfin on émerge, et l'eau s'écoule de notre nez et de nos yeux. Nous voilà réduit à une petite créature perdue dans le vaste monde.

ZACH

De retour dans la chambre d'hôtel, Olly téléphone à son ami Zach. Une demi-heure plus tard, on frappe à la porte.

Zach a la peau sombre, couleur terre brûlée, d'impressionnantes dreadlocks et un sourire presque trop grand pour son visage. Il se met aussitôt à faire semblant de jouer de la guitare en entonnant une chanson que je ne connais pas. Olly sourit jusqu'aux oreilles. Zach balance la tête avec frénésie, ses dreads marquant le rythme.

Les deux copains s'étreignent et se donnent de grandes claques dans le dos.

– Zach ! s'écrie Olly.

– Il faut m'appeler Zacharie, maintenant…

– Ah bon ? Depuis quand ?

– Depuis que j'ai décidé de devenir un dieu du rock. Zacharie, c'est comme…

Je complète en rigolant :

– … comme le prophète !

– Exactement ! Ta petite copine est plus intelligente que toi !

Je rougis et jette un coup d'œil à Olly : lui aussi est devenu écarlate.

– Comme c'est mignon ! s'exclame Zach, en se remettant à gratouiller les cordes de sa guitare imaginaire.

Son rire me rappelle celui de Carla : il est spontané, un peu trop sonore et très gai. Tout à coup, elle me manque terriblement. Olly se tourne vers moi.

– Maddy, je te présente Zach…

– Zacharie.

– Mec, il est hors de question que je t'appelle comme ça… Donc, Zach, je te présente Maddy.

Zach me prend la main et l'embrasse du bout des lèvres.

– Ravi de te rencontrer, Maddy ! J'ai beaucoup entendu parler de toi, mais je ne pensais pas que tu existais pour de vrai.

Je fixe l'endroit qu'il a embrassé sur ma main, et je réplique :

– Je comprends… Moi même, je ne suis pas toujours sûre que j'existe vraiment.

Il rit à nouveau un peu trop fort, et je me surprends à rire avec lui.

– Formidable…, nous interrompt Olly. Et si on passait à autre chose, maintenant ? Je crois qu'il y a un *loco moco* qui attend Maddy…

« *Loco moco* » est le nom donné à une montagne de riz surmontée d'un steak, arrosée de jus de viande et couronnée par deux œufs au plat. Pour ce déjeuner tardif, Zach nous a emmenés dans un bar-restaurant qui sert à toute heure de la journée. Nous nous installons à une table à l'extérieur ; l'océan n'est qu'à une centaine de mètres de nous.

– C'est le meilleur endroit de la ville, déclare Zach. C'est ici que viennent manger les locaux.

Entre deux bouchées, Olly lui demande :

– Alors, tu as parlé à tes parents ?

– De quoi ? Du fait que je veux être une rock-star ou du fait que je suis gay ?

– Les deux.

– Non.

– Tu te sentiras mieux quand tu te seras libéré de ce poids.

– Sûrement. Mais c'est plus facile à dire qu'à faire.

Zach se tourne vers moi.

– Mes parents ne croient qu'en trois choses : la famille, l'éducation et le travail. Par « famille », ils veulent dire un homme, une femme, deux enfants et un chien. Par « éducation », ils veulent dire quatre ans d'études à la fac. Et par « travail », rien qui ait un rapport avec l'art. Rien qui fasse rêver. Surtout pas des rêves de rock-star.

Il reporte ses yeux marron vers Olly, et son regard devient plus sérieux.

– Comment leur avouer que leur fils aîné veut être une espèce de Freddy Mercury afro-américain ?

– Ils doivent s'en douter, dis-je. Pour le côté artiste, du moins… Tes cheveux ont au moins quatre nuances de rouge différentes.

– Ils pensent que ça me passera.

– Tu pourrais leur écrire une chanson...

Il éclate d'un rire tonitruant.

– Je t'aime bien, ajoute-t-il.

– Moi aussi, je t'aime bien. Tu pourrais intituler ta chanson *La pomme est tombée très, très, très loin de l'arbre...*

– *La pomme pourrie*, oui ! s'esclaffe Zach.

– Vous êtes marrants, tous les deux, intervient Olly, en souriant mais l'air préoccupé. Mec, tu me prêterais ton téléphone, s'il te plaît ?

Zach le lui passe, et Olly se met à taper un message.

– Il y a un problème ? s'enquiert Zach. C'est papa qui joue encore les enfoirés ?

– Tu ne pensais quand même pas que ça allait s'arranger ? marmonne Olly sans lever les yeux.

– Ben... non, répond Zach d'un ton désabusé.

Que connaît-il au juste de la famille d'Olly ? Son père n'est pas simplement un enfoiré...

– Et toi, Madeline ? C'est quoi, le problème avec tes parents ?

– Je n'ai plus que ma mère.

– Ah... Et c'est quoi, le problème avec elle ?

Ma mère, ma mère... C'est à peine si j'ai le temps de penser à elle. Elle doit être morte d'inquiétude.

– Eh bien, j'imagine qu'avec les parents ce n'est jamais simple... Mais ma mère est quelqu'un d'intelligent, de solide, et elle a toujours été là pour moi.

Apparemment, ils sont surpris ; plus aucun d'eux ne parle.

Olly lève enfin les yeux du téléphone de Zach.

– Il faut que tu la rassures, Maddy.

Il me tend l'appareil et part aux toilettes.

De : Madeline F. Whittier

À : genericuser033@gmail.com

Objet : (pas d'objet)

Est-ce que ma fille est avec toi ? Est-ce qu'elle va bien ?

De : Madeline F. Whittier

À : genericuser033@gmail.com

Objet : (pas d'objet)

Je sais qu'elle est avec toi. Tu ne te rends pas compte à quel point elle est malade. Ramène-la à la maison.

De : Madeline F. Whittier

À : genericuser033@gmail.com

Objet : (pas d'objet)

S'il te plaît, dis-moi où vous êtes. Elle peut tomber gravement malade d'un instant à l'autre.

De : Madeline F. Whittier
À : genericuser033@gmail.com
Objet : (pas d'objet)

Je sais où vous êtes. Je prends le prochain vol. Je serai là demain matin à la première heure. Je t'en prie, occupe-toi bien d'elle.

J'arrête de lire et je berce le téléphone contre ma poitrine en fermant les yeux. Je me sens à la fois coupable, furieuse et angoissée. Quand je vois à quel point elle s'inquiète, à quel point elle souffre, je voudrais la rejoindre pour lui dire que tout va bien. Il y a encore cette part-là en moi, celle qui est prête à la laisser prendre soin de moi.

Mais il y a aussi une autre part, une part nouvelle, qui refuse de quitter ce monde que j'apprends à peine à connaître. J'en veux à ma mère de s'être connectée à ma boîte e-mail personnelle. Je suis terrifiée à l'idée que Olly et moi ayons moins de temps que prévu.

Je garde les yeux fermés si longtemps que Zach finit par me demander si je me sens bien.

J'ouvre les yeux et je sirote mon jus d'ananas avec ma paille en hochant la tête.

– Non mais… vraiment ? Tu es sûre que ça va ? Olly m'a dit que…

– Il t'a dit que j'étais malade.

– Oui.

– Je vais bien, dis-je, sincère. Je me sens même très bien. Plus que bien.

Je baisse les yeux vers le téléphone. Je sais ce que je dois répondre.

De : genericuser033@gmail.com
À : Madeline F. Whittier
Objet : (pas d'objet)

S'il te plaît, maman, ne t'en fais pas. Et ne viens pas ici. Je vais très bien, et c'est MA vie. Je t'aime. À bientôt.

J'appuie sur « envoi » et je rends son téléphone à Zach. Il le range dans sa poche en me dévisageant.

– Alors, tu as vraiment acheté des pilules sur Internet ?

Je suis tellement secouée par l'e-mail de ma mère, tellement paniquée par le peu de temps qu'il nous reste, à Olly et à moi, que je n'ai pas la force d'entendre un mensonge de plus franchir mes lèvres. Donc, je fais exactement ce qu'il faut éviter quand on ment : je fuis son regard. Je me trémousse. Je rougis.

J'ouvre la bouche pour m'expliquer, mais rien ne vient.

Quand nos regards se croisent enfin, je comprends qu'il a deviné la vérité. Je demande :

– Tu vas lui dire ?

– Non. J'ai tellement l'habitude de mentir sur mon cas… je sais ce que c'est.

Un immense soulagement m'envahit.

– Merci.

Zach se contente de hocher la tête.

– Qu'est-ce qui se passerait si tu le disais à tes parents ?

Sa réponse est immédiate.

– Ils me demanderaient de choisir. Et ce n'est pas eux que je choisirais. Tant que je me tais, tout le monde est gagnant.

Il s'appuie contre le dossier de sa chaise et mime des mouvements de batterie.

– Mes excuses aux Rolling Stones pour ce plagiat, mais mon premier album s'intitulera *Between Rock and Roll and a Hard Plate* : « entre le marteau et l'enclume » ! T'en penses quoi ?

J'éclate de rire :

– C'est nul !

– Peut-être que grandir, c'est décevoir les gens qu'on aime, déclare-t-il, redevenant sérieux.

Je ne réponds rien : c'est une affirmation, pas une question. Et, de toute façon, je n'aurais pas su quoi répondre.

Je tourne la tête vers Olly, qui vient de nous rejoindre.

– Ça va ? demande-t-il en embrassant mon front, puis mon nez, puis mes lèvres.

Je décide de lui cacher l'arrivée imminente de ma mère. Autant profiter au maximum du temps qu'il nous reste.

– Je ne me suis jamais sentie aussi bien !

À ce sujet-là, au moins, je n'ai pas besoin de mentir.

LE LIT MURPHY

Il est tard, cet après-midi-là, quand nous regagnons l'hôtel. Olly allume le plafonnier et le ventilateur, puis il exécute un salto et atterrit sur le matelas. Il essaie un côté du lit, puis l'autre.

– Celui-là, c'est mon côté, décrète-t-il en désignant le gauche, le plus proche de la porte. Je dors toujours à gauche. Autant que tu le saches. Pour plus tard.

Il se redresse et appuie sur le matelas des deux mains.

– Tu te souviens de ce que j'ai dit sur le lit Murphy, son confort, tout ça... ? Je retire tout.

Sur ces mots, il fait une roulade et retombe sur le sol.

Je demande :

– Tu es nerveux, pour t'agiter comme ça ?

– Non, réplique-t-il, un peu trop vite.

J'allume la lampe de chevet à droite du lit et m'assois de mon côté. Je teste les ressorts ; le matelas réagit en grinçant bruyamment.

– Pourquoi dormir à gauche si tu es tout seul ? Pourquoi pas au milieu ?

Je m'allonge sur le lit. Olly a raison : il est horriblement inconfortable.

– C'est en attendant…

– En attendant quoi ?

Il ne répond pas. Je roule jusqu'au bord du matelas pour le regarder de haut. Il est étendu sur le sol, un bras posé sur ses paupières.

– De ne plus y être seul, dit-il enfin.

Je recule pour qu'il ne voie pas que je suis devenue toute rouge.

– En fait, tu es une espèce de romantique désespéré…

– Exactement.

Nous restons silencieux un moment. Au-dessus de nous, le ventilateur vrombit doucement, balayant l'air chaud dans toute la pièce. Derrière la porte, j'entends le *Ding !* de l'ascenseur, les voix des gens qui passent dans le couloir.

Il y a quelques jours, j'aurais pensé qu'une journée entière Dehors m'aurait suffi. Mais, maintenant que c'est fait, il m'en faut plus. Je ne suis même pas sûre que « toujours » serait suffisant.

– En fait, si, déclare enfin Olly. Je suis nerveux.

– Pourquoi ?

Il prend une grande inspiration, mais je ne l'entends pas expirer.

– Je n'ai encore jamais ressenti ce que je ressens pour toi.

Il n'a pas prononcé cette phrase avec douceur. Au contraire, il a parlé trop fort et trop vite, comme si ces mots se bousculaient après avoir attendu de sortir pendant très longtemps.

Je me redresse, me rallonge, puis m'assois. Est-ce qu'on est vraiment en train de parler d'amour ?

– Moi non plus, je n'ai jamais ressenti ça.

– Oui, mais toi, c'est différent.

Il y a un peu de frustration dans sa voix.

– Pourquoi ?

– Parce que c'est ta première fois pour tout, Maddy. Pas moi.

Je ne comprends pas. Ce n'est pas parce que c'est la première fois que c'est moins réel... Il faut un début à tout ; même l'univers a un début.

Il n'ajoute rien. Plus je pense à ce qu'il vient de dire, plus je suis contrariée. Mais soudain je réalise qu'il ne cherche pas à nier ou rabaisser mes sentiments. Non, il est juste effrayé. Puisque je ne l'ai pas vraiment choisi... Et si je l'avais pris par défaut ?

Il inspire de nouveau.

– Au fond de moi, je sais que j'ai déjà été amoureux, mais ça n'avait rien à voir. Être amoureux de toi, c'est encore mieux que de l'être pour la première fois. C'est comme si c'était la première, la dernière et l'unique fois en même temps.

– Olly, dis-je, s'il y a une seule chose que je connais en ce monde, c'est mon cœur. Crois-moi.

Il revient sur le lit et étend un bras. Je me blottis contre lui et pose la tête à cet endroit qui semble avoir été conçu juste pour moi, entre son cou et son épaule.

– Je t'aime, Maddy.

– Je t'aime, Olly. Je t'aimais avant même de te rencontrer.

Nous dérivons doucement vers le sommeil, lovés l'un contre l'autre, sans plus parler, laissant le monde faire du bruit pour nous, car, pour l'instant, plus aucun mot n'a d'importance.

AUCUN MOT

J'émerge du sommeil tranquillement, langoureusement, jusqu'à ce que la réalité se rappelle à moi. Je jette un coup d'œil au réveil. Nous avons dormi une heure. Il ne nous reste presque plus de temps, et nous en avons gaspillé plein en dormant. Je consulte de nouveau le réveil. Dix minutes pour se doucher, dix autres pour trouver un endroit idéal sur la plage, d'où regarder prendre fin notre premier et dernier jour ensemble.

Je secoue Olly, puis je fonce me changer. Dans la salle de bains, j'enfile la robe taille unique que j'ai achetée un peu plus tôt. Taille unique, oui, car son bas évasé et son haut en bandes élastiques peuvent aller à tout le monde. Je détache mes cheveux, qui retombent en cascade sur mes épaules et mon dos. Dans le miroir, ma peau me paraît briller d'un bel éclat brun, et mes yeux pétillent. Je respire la santé.

Olly est assis sur la balustrade du *lanai*. Même s'il se tient des deux mains, il ne semble pas dans une position très stable ; heureusement qu'il a une maîtrise parfaite de son corps, me dis-je pour me rassurer.

Quand il me voit, il me sourit – enfin, c'est même plus qu'un sourire. Il a cet air qui le caractérise tellement. Et puis, soudain, tandis que je m'avance vers lui, je ne reconnais plus son regard. Chacun de mes nerfs est en alerte. Comment réussit-il à me faire un effet pareil rien qu'en me regardant ? Est-ce que j'ai le même effet sur lui ? Je m'arrête au niveau de la baie vitrée et je l'examine de la tête aux pieds. Il porte un T-shirt noir moulant, un short noir et des tongs noires. L'ange de la mort en vacances.

– Viens, dit-il, et il resserre sa prise sur la balustrade tandis que je me blottis dans le V formé par ses jambes.

Je lève les yeux vers les siens. Un lac d'été dont je ne vois pas le fond. Je pose mes lèvres sur les siennes. Il saute au bas de la balustrade, et nous nous embrassons jusqu'à ce que nos souffles n'en forment plus qu'un. Mes mains se promènent sur ses épaules, sa nuque, ses cheveux ; elles ne veulent pas rester en place. Nous interrompons notre baiser et demeurons là un instant, nos fronts et nos nez l'un contre l'autre.

Il chuchote mon prénom, comme une question muette à laquelle je réponds oui. Sans hésitation. La suite est déjà écrite. Il y aura d'autres couchers de soleil. Demain, par exemple.

Il me pousse doucement vers la chambre, et je ne m'arrête que lorsque le creux de mes genoux heurte le lit. Je m'assois. J'étais moins inquiète avant de sauter du Rocher Noir.

– On n'est pas obligés, Maddy…

Pour toute réponse, je lui montre les préservatifs que j'ai achetés ce matin, dans la boutique de souvenirs.

– Ils vendent vraiment de tout, là-bas…

Il sourit. Et soulève ma robe.

– Tu as des taches de rousseur ici aussi.

Je retire son T-shirt et fais courir mes doigts sur son torse. Mes lèvres suivent le même chemin, et nos corps s'enlacent. Nous ne sommes bientôt plus que lèvres, bras et jambes enchevêtrés. Et nous découvrons ensemble tous les secrets de l'univers.

LE DICTIONNAIRE DE MADELINE

Infini [ɛ̃.fi.ni] : adj. **Sens 1** : État de celui qui ne sait pas où finit son corps et où commence celui de l'autre. (*Whittier*, 2015)

LE MONDE OBSERVABLE

Selon la théorie du Big Bang, l'univers a été créé en un seul instant : un cataclysme cosmique qui a engendré trous noirs, naines brunes, matière et matière sombre, énergie et énergie sombre. Qui a donné naissance aux galaxies, aux étoiles, aux lunes, aux soleils, aux planètes, aux océans. C'est un concept difficile à envisager : l'idée qu'il y a eu un temps avant nous. Un temps d'avant le temps.

Au commencement, il n'y avait rien. Puis il y a eu tout.

CETTE FOIS

Olly sourit. Il n'arrête pas de sourire. J'ai droit à toutes les déclinaisons de sourires possibles sur ses lèvres que je ne peux m'empêcher d'embrasser. Un baiser en entraîne dix, jusqu'à ce que l'estomac d'Olly se mette à gronder et nous interrompe.

– On devrait peut-être manger quelque chose.

– Je te mange, toi, répond-il en m'embrassant à nouveau. Mais c'est vrai que tu as beau être délicieuse, tu n'es pas comestible.

Je m'assois, en relevant la couverture pour me cacher derrière. Olly n'est pas aussi pudique que moi. Il se lève d'un bond et déambule dans la pièce, tout nu. Il n'a plus rien d'un ange de la mort. En fait, tout a changé et rien n'a changé en même temps. Nous sommes toujours Madeline et Oliver. Mais nous nous connaissons mieux, maintenant. Nous nous connaissons autrement.

Le restaurant est situé sur la plage, et notre table est posée face à l'océan. Il est tard, 21 heures, et il fait trop sombre pour que l'on distingue le bleu de la mer. On n'aperçoit que l'écume des vagues, que l'on entend à peine derrière la musique et les bavardages des gens autour de nous.

– Tu crois qu'ils ont du humuhumu au menumenu ? plaisante Olly.

Il adorerait manger en particulier celui que nous avons vu quand nous avons plongé, ajoute-t-il.

– Ça m'étonnerait qu'ils servent le poisson-emblème, dis-je.

Notre journée riche en activités nous a affamés, aussi nous commandons toutes les entrées qui figurent au menu : du poke (thon mariné dans de la sauce soja), des croquettes de crabe, des crevettes à la noix de coco, des bouchées au homard et du porc Kalua.

Nous ne pouvons pas nous empêcher de nous toucher. Entre chaque bouchée, entre chaque gorgée de jus d'ananas. Mon cou, ma joue, mes lèvres. Ses doigts, ses avant-bras, son torse. Maintenant que nous avons commencé, impossible de nous arrêter.

Nous rapprochons nos chaises l'une de l'autre. Il a la main sur mes genoux, ou j'ai la main sur les siens. Nous nous regardons et éclatons de rire sans raison. Enfin… pas sans raison : parce qu'à ce moment-là tout nous paraît extraordinaire. Pour nous, s'être rencontrés, être tombés amoureux, être ensemble tient presque du miracle.

Olly commande une deuxième portion de bouchées au homard.

– J'ai encore faim ! roucoule-t-il en bougeant exagérément les sourcils.

Il me caresse la joue, et le contact de ses doigts me fait rougir. Nous mangeons lentement. Il faut savourer ce dernier plat. Et peut-être que, si nous ignorons le temps qui passe, cette journée si parfaite ne se terminera pas.

– Au plaisir de vous revoir ! lance la serveuse quand nous partons.

Et Olly lui assure que nous reviendrons.

Nous nous éloignons du restaurant illuminé et avançons sur la plage obscure. Nous enlevons nos chaussures et marchons jusqu'au bord de l'eau, nos orteils s'enfonçant dans le sable humide. La nuit, les vagues paraissent plus puissantes, plus bruyantes. Nous longeons l'eau et croisons de moins en moins de gens ; bientôt, nous avons l'impression d'avoir laissé la civilisation derrière nous. Olly m'entraîne vers le sable sec et nous trouvons un endroit où nous asseoir. Il me prend la main et embrasse ma paume.

– La première fois qu'il l'a frappée, il s'est excusé auprès de nous.

Cette phrase est sortie d'une traite. Il me faut une seconde pour comprendre de quoi il parle.

– Il pleurait.

Il fait si noir que je le sens secouer la tête plus que je ne le vois.

– Ils nous ont réunis tous les quatre, et il a dit qu'il était désolé. Il a dit que ça n'arriverait plus. Kara était tellement furieuse qu'elle n'arrivait pas à le regarder. Elle savait qu'il mentait. Moi, je l'ai cru. Ma mère aussi. Elle nous a demandé d'oublier tout ça. « Votre père traverse une période très difficile, vous savez… » Elle a dit qu'elle lui pardonnait, et qu'on devait lui pardonner aussi.

Il lâche ma main.

– Pendant un an, il ne l'a plus touchée. Il continuait à boire. Il lui criait dessus. Il nous criait dessus. Mais il ne l'a plus frappée pendant longtemps.

Je retiens mon souffle un instant, avant de poser la question qui me brûle les lèvres :

– Pourquoi elle ne le quitte pas ?

– Tu ne crois pas que je me le demande aussi ? réplique-t-il d'un ton cassant.

Il s'allonge sur le sable, les doigts noués derrière la nuque.

– Pendant un moment, j'ai cru que, s'il la battait plus souvent, elle le quitterait. Que, s'il se montrait juste un peu plus salaud encore, on pourrait enfin partir. Mais il s'excuse à chaque fois, et à chaque fois elle le croit.

Je pose la main sur son torse. J'ai besoin de le toucher, et je crois que lui aussi en a besoin, mais il se redresse, remonte les genoux contre sa poitrine et appuie les coudes dessus. Son corps forme une cage dans laquelle je ne peux pas entrer.

– Et elle, qu'est-ce qu'elle dit de tout ça ?

– Rien. Elle ne veut plus en parler. Avant, elle disait qu'on comprendrait en grandissant, en rencontrant quelqu'un.

Je suis surprise d'entendre de la colère dans sa voix. Je ne pensais pas qu'il en voulait à sa mère. À son père, oui, mais pas à elle.

Il continue à grogner :

– D'après elle, l'amour fait perdre la tête.

– Tu y crois, à ça ?

– Non. Oui. Peut-être.

J'éclate d'un petit rire.

– Tu n'es pas censé utiliser toutes les réponses possibles…

Je devine qu'il sourit dans le noir.

– Oui, j'y crois.

– Pourquoi ?

– Parce que je suis à Hawaï avec toi. Ce n'est pas facile pour moi, de les laisser seules avec lui.

Je me force à ne pas me sentir trop coupable.

– Et toi, tu y crois ? me demande-t-il.

– Oui. Sans aucun doute.

– Pourquoi ?

– Parce que je suis à Hawaï avec toi. Sans toi, je ne serais jamais partie.

Il baisse les jambes et reprend ma main.

– Alors, qu'est-ce qu'on fait maintenant ?

Je n'en sais rien. La seule chose que je sais, c'est qu'être ici avec Olly, l'aimer et être aimée de lui, c'est tout ce qui compte.

– Tu ne devrais pas rester avec eux, dis-je. Tu n'es pas en sécurité là-bas.

Je suis consciente de la dureté de cette phrase. Mais je suis convaincue qu'il se dupe lui-même, qu'il est prisonnier des mêmes souvenirs d'amour et de jours meilleurs que sa mère, et ça ne règle rien.

Je pose la tête sur son épaule et, ensemble, nous contemplons l'océan presque noir. Nous observons la façon avec laquelle l'eau recule, puis repart à l'assaut du sable, cherchant à grignoter la terre. Et, même si elle n'y parvient pas, elle prend à nouveau son élan, et attaque encore et encore, comme s'il n'y avait pas eu de fois précédentes, comme s'il ne devait pas y avoir de fois suivantes, comme si seul comptait le temps présent.

SPIRALE

Je rêve que je m'enfuis de la maison avec le garçon que j'aime. Je rêve que je vois l'océan, qu'il est infini, et que je n'en vois pas le bout. Je rêve que je m'endors dans une chambre bruyante avec le garçon qui m'aime et que je rêve que je m'enfuis de la maison avec ce garçon que j'aime. Je rêve que je vois l'océan, qu'il est infini, et que je n'en vois pas le bout. Je rêve que je m'endors dans une chambre bruyante et que je rêve de la vie qui est déjà la mienne.

LA FIN

Quelqu'un m'a poussée dans un four brûlant et a refermé la porte.

Quelqu'un m'a arrosée de kérosène et a craqué une allumette.

J'émerge lentement, le corps en feu, consumé par les flammes. Les draps sont froids et humides. Je me noie dans ma transpiration.

Qu'est-ce qui m'arrive ? Il me faut un moment pour m'apercevoir qu'il y a beaucoup, beaucoup de choses qui ne vont pas…

Je frissonne. Plus que de frissons, je suis prise de tremblements incontrôlables. Ma tête me fait mal, mais tellement *mal* ! Mon cerveau est comme pris dans un étau. La douleur irradie jusque dans mes nerfs optiques. Mon corps me fait l'effet d'une plaie à vif. Même ma peau est douloureuse.

Je crois d'abord que je suis en train de rêver. Mais mes rêves ne sont jamais aussi clairs. J'essaie de m'asseoir, de tirer les couvertures sur moi, en vain. Olly dort encore, et il est allongé dessus.

Je tente à nouveau de me redresser, mais la douleur est enfouie au plus profond de mes os.

L'étau autour de mon cerveau se resserre. On me transperce la chair aveuglément, avec un pic à glace.

Je voudrais crier, mais ma gorge est toute sèche, comme si j'avais hurlé des jours et des jours durant.

Je suis malade.

Pire que malade : je suis en train de mourir.

Oh, mon Dieu. Olly. Ça va lui briser le cœur.

À peine me suis-je formulé cette pensée qu'il se réveille.

– Maddy ? murmure-t-il dans le noir.

Il allume la lampe de chevet, ce qui me brûle les yeux. Je les ferme et me détourne. Je ne veux pas qu'il me voie comme ça. Trop tard. L'expression sur son visage passe de la confusion à la compréhension, puis à l'incrédulité. Enfin, à la frayeur.

– Je suis désolée…, dis-je – enfin, j'essaie, mais je ne crois pas que les mots parviennent à franchir mes lèvres.

Olly touche mon visage, mon cou.

– Merde, répète-t-il. Merde…

Il retire la couverture, et soudain j'ai plus froid que dans mes pires cauchemars.

– Merde, Maddy, tu es brûlante !

– Froid…, dis-je d'une voix rauque qui le terrifie encore plus.

Il remonte la couverture, prend ma tête entre ses mains, embrasse mon front mouillé et mes lèvres.

– Tout va bien. Tout va bien…

Ce n'est pas vrai, mais c'est gentil de sa part d'essayer de me rassurer. La douleur harcèle mon corps. Ma gorge est si gonflée qu'elle semble bouchée. Je n'arrive plus à respirer.

– Il te faut une ambulance.

Je tourne la tête. Quand a-t-il marché jusqu'à ce côté de la pièce ? Où sommes-nous ? Il est au téléphone. Il parle de quelqu'un. Une personne malade. Oui, quelqu'un est malade. En train de mourir. C'est une urgence. Les pilules ne fonctionnent pas.

Il parle de moi.

Il pleure. Ne pleure pas. Kara va bien. Ta mère va bien. Tu vas bien.

Je m'enfonce dans le lit. Je suis dans des sables mouvants. Une personne essaie de m'en arracher. Elle a les mains chaudes. Pourquoi sont-elles si chaudes ?

Un objet luit dans l'une de ses mains. Son portable. Il dit quelque chose, mais ses mots sont indistincts. Des mots. Mère. Ta mère.

Oui. Maman. Je dois voir maman. Elle est déjà en route. J'espère qu'elle va arriver.

Je ferme les yeux et serre ses doigts.

Je suis hors du temps.

Alors.
Mon.
Cœur.
S’arrête.

Puis repart.

LIBÉRATION

Memorial hospital de Maui – Feuille de sortie.

Dossier médical # : Nom du patient : WhitTier, Madeline
Lieu : Memorial hospital Maui
Date d'admission Date de sortie : Médecin : Francis, Melissa

Données du patient	Âge : 18 ans Date de naissance : 05/02/1996 Sexe : ☐Masculin ☒Féminin
Diagnostic cardiaque	☐Douleur poitrine sans IDM ☐IDM confirmé ☐IC, œdème pulmonaire ☐Coronaropathie ☐Angor instable ☐Syncope ☐Maladie cérébro-vasculaire ☐Artériopathie des membres ☒Autre
Intervention	☐Aucune ☐Cathétérisme cardiaque ☐Angioplastie coronaire ☐Angioplastie coronaire avec stent ☐ICP ☒Échocardiogramme ☐VGD ☐Test d'effort ☐Test d'effort avec traceur ☐Pontage aorto-coronarien ☐Valve cardiaque ☐Angiogramme ☐Ergométrie ☐Autre
Antécédents patient	☐Antécédent IDM ☐Angine ☐Insuffisance cardiaque ☐Hypertension ☐Diabète ☐Insuffisance rénale ☐Fumeur (durant l'année précédente) ☐Absence d'exercice régulier (>30 min. 3X/sem.) ☐AOMI ☐AVC ☐BPCO ☐Fibrillation atriale ☒Autre ☐Inconnus
Statut de décharge	☐01 – Transfert à domicile ☐02 – Transfert vers autre hôpital ☐03 – Transfert vers centre de soins spécialisé ☐04 – Transfert vers centre de soins intermédiaire ☐06 – Aide à domicile ☒07 – Sortie contre avis médical ☐10 – Transfert en centre de rééducation ☐11 – Transfert en hôpital psychiatrique ☐12 – Autre ☐13 – Décès

RÉSURRECTION

Je ne garde pour souvenirs qu'un mélange confus d'images.

L'ambulance. Une piqûre dans la jambe. Une deuxième. Des injections d'adrénaline pour redémarrer mon cœur. Le hurlement des sirènes au loin, et puis beaucoup trop près.

Le scintillement bleu et blanc d'un écran de télé suspendu dans un coin de la pièce. Le *bip !* intermittent des machines montant la garde de jour comme de nuit. Des hommes et des femmes en uniforme blanc. Des stéthoscopes, des aiguilles et l'odeur de l'antiseptique.

Puis l'odeur de kérosène, la même que celle qui m'a accueillie à Hawaï, les colliers de fleurs, la couverture râpeuse qui m'enveloppe totalement…

Quel intérêt d'avoir un fauteuil à côté du hublot si le volet reste fermé ?

Je me rappelle le visage de ma mère, et ses larmes si abondantes qu'elles auraient pu former une mer.

Je me rappelle les yeux bleus d'Olly devenus noirs. Le chagrin, le soulagement et l'amour que j'y ai vus avant de fermer les miens.

Je rentre chez moi. J'y resterai enfermée pour toujours.

Je suis vivante, mais je ne veux plus l'être.

RÉADMISSION

Ma mère a transformé ma chambre en chambre d'hôpital. Je suis dans mon lit, adossée à mes oreillers, sous perfusion. Je suis entourée de tout un dispositif de surveillance. Je ne mange rien d'autre qu'une espèce de gelée.

Chaque fois que je me réveille, elle est à mes côtés. Elle touche mon front et me parle. Parfois j'essaie de me concentrer pour comprendre ce qu'elle dit, mais le son de sa voix n'arrive pas à m'atteindre.

Je me réveille à nouveau quelques heures ou quelques jours plus tard, et je la trouve encore penchée sur moi, le regard rivé sur son écritoire, les sourcils froncés. Je ferme les yeux et passe mentalement mon corps en revue. Je n'ai mal nulle part, enfin… pas trop. Ma tête, ma gorge, mes jambes : rien à signaler.

Je rouvre les paupières et constate qu'elle s'apprête encore à m'endormir.

– Non !

Je me redresse trop vite, et suis prise aussitôt de vertige et de nausée. Je voudrais lui dire que je vais bien, mais aucun bruit ne sort de ma bouche.

Je m'éclaircis la gorge et j'essaie encore :

– S'il te plaît, je ne veux plus dormir.

Si je dois vivre, autant au moins vivre éveillée.

– Est-ce que je vais bien ?

– Oui. Tu vas t'en sortir, répond-elle d'une voix tremblante, qui se brise sur ces mots.

Je m'assois pour la regarder. Elle a le teint pâle, presque transparent, et les traits tirés. Une veine bleue se dessine de la racine de ses cheveux jusqu'à sa paupière. D'autres affleurent sous la peau de ses avant-bras et de ses poignets. Elle a le regard effrayé, incrédule, de celui qui a vécu l'horreur et s'attend à vivre pire encore.

– Comment tu as pu t'infliger ça ? Tu as failli mourir, souffle-t-elle.

Elle se rapproche en serrant l'écritoire contre sa poitrine.

– Comment tu as pu m'infliger ça, à moi ? Après… tout ça ?

Je voudrais lui répondre quelque chose. J'ouvre la bouche, mais rien ne vient.

Ma culpabilité est comme un océan qui m'engloutit.

Elle part, et je reste dans mon lit. Je ne me lève pas pour me dégourdir les jambes. Je tourne le dos à la fenêtre. Est-ce que je devrais regretter quelque chose ? D'être allée Dehors ? D'être tombée amoureuse du monde que j'y ai découvert ? D'être tombée amoureuse d'Olly ? Comment pourrais-je passer le reste de ma vie enfermée dans cette bulle maintenant que je sais tout ce que je rate ?

Je ferme les yeux pour essayer de dormir. Mais le visage de ma mère, tout cet amour dans ses yeux, ne me quitte pas. L'amour est une chose terrible. Terrible. Aimer quelqu'un aussi farouchement que m'aime ma mère, c'est comme porter son cœur à nu, sans peau, sans os, sans rien pour le protéger.

L'amour est une chose terrible, et le perdre est plus terrible encore.

L'amour est une chose terrible, et je ne veux plus en entendre parler.

LIBÉRATION #2

Mercredi, 18:56

Olly : où tu étais passée ?

Olly : tu vas bien ?

Madeline : Oui.

Olly : elle dit quoi ta mère ?

Olly : tu vas guérir ?

Madeline : Je vais bien, Olly.

Olly : j'ai essayé de te rendre visite mais ta mère ne m'a pas laissé entrer

Madeline : C'est pour me protéger.

Olly : je sais

Madeline : Merci de m'avoir sauvé la vie.

Madeline : Je suis désolée de t'avoir fait endurer tout ça.

Olly : tu n'as pas à me remercier

Madeline : Merci quand même.

Olly : tu es sûre que ça va ?

Madeline : Arrête de me demander ça, stp.

Olly : désolé
Madeline : Pas de mal.

Plus tard, 21:33
Olly : content de pouvoir re-tchatter avec toi
Olly : t'es vraiment pas douée comme mime
Olly : dis quelque chose
Olly : on redemandera à ta mère quand tu iras mieux, je pourrai peut-être passer te voir
Olly : je sais que ça n'est grand-chose maddy mais c'est mieux que rien

Plus tard, 00:05
Madeline : Non, ce n'est pas mieux que rien. C'est carrément pire que tout.
Olly : quoi ?
Madeline : Tu crois qu'on peut retourner en arrière, là où on en était ?
Madeline : Aux petites visites après décontamination, pas de contact, pas de baiser, pas d'avenir ?
Madeline : C'est suffisant pour toi ?
Olly : c'est mieux que rien
Madeline : Non, pas du tout. Arrête avec ça.

Plus tard, 02:23
Olly : et les pilules ?
Madeline : Quoi, les pilules ?
Olly : elles ont marché pendant deux jours, peut-être qu'ils vont finir par les améliorer

Olly : maddy ?

Madeline : Il n'y a pas de pilules.

Olly : quoi ?

Madeline : Il n'y a jamais eu de pilules. J'ai dit ça pour te persuader de partir avec moi.

Olly : tu m'as menti ?

Olly : tu aurais pu mourir et ça aurait été ma faute

Madeline : Tu n'es pas responsable de moi.

Plus tard, 03:42

Madeline : Je voulais tout, Olly. Je te voulais toi, et le monde entier. Je voulais vraiment tout.

Madeline : Je ne vais pas pouvoir continuer comme ça.

Olly : continuer quoi ?

Madeline : Le tchat. Les e-mails. C'est trop dur. Je ne peux pas recommencer. Ma mère avait raison. Ma vie était mieux avant.

Olly : mieux pour qui ?

Olly : ne fais pas ça maddy

Olly : ma vie à moi est mieux quand tu es dedans

Madeline : Pas la mienne.

<Madeline est hors ligne>

LA VIE EST COURTE
(OU LA RUBRIQUE DU SPOIL, PAR MADELINE)

Homme invisible, pour qui chantes-tu ?, de Ralph Ellison

Attention, spoiler :
Quand plus personne ne vous voit,
vous cessez d'exister.

GÉOGRAPHIE

Je suis dans un champ plein de coquelicots. Leurs tiges vertes m'arrivent à la taille, et leurs pétales sont si rouges qu'on dirait qu'ils saignent. Au loin, je vois Olly, puis je le vois en double, puis je vois une multitude d'Olly qui avancent vers moi. Ils portent des masques à gaz, brandissent des menottes et marchent dans ma direction en écrasant les fleurs sous les talons de leurs bottes noires.

Ce rêve ne me quitte pas. Je traverse la journée comme dans du coton, à essayer de ne pas penser à Olly. Je m'efforce de ne pas me remémorer la première fois que je l'ai vu. La manière dont il se comportait. L'impression qu'il venait d'une autre planète. J'essaie de ne pas penser aux kouglofs, aux poiriers, aux baisers, au sable mouillé. J'essaie d'oublier que le deuxième, le troisième et le quatrième baisers ont été tout aussi formidables que le premier. Je m'efforce de ne pas me souvenir de son corps contre le mien. J'essaie de ne pas penser à lui, parce que, si je le fais, je serai obligée de penser aussi au lien qui m'unissait à lui et au monde il y a quelques jours à peine.

Je devrai penser à tout cet espoir qui a grandi en moi. À ma bêtise d'avoir cru au miracle. À ce monde auquel j'ai tant besoin d'appartenir et qui ne veut pas de moi.

Je dois me détacher d'Olly. J'ai bien compris la leçon. L'amour peut tuer. Et je préfère tout de même être en vie.

J'ai dit un jour à Olly que, s'il y avait quelque chose que je connaissais, c'était bien mon cœur. C'est toujours vrai. Je connais parfaitement la carte de mon cœur, mais tous les noms de lieux y ont changé.

CARTE DU DÉSESPOIR

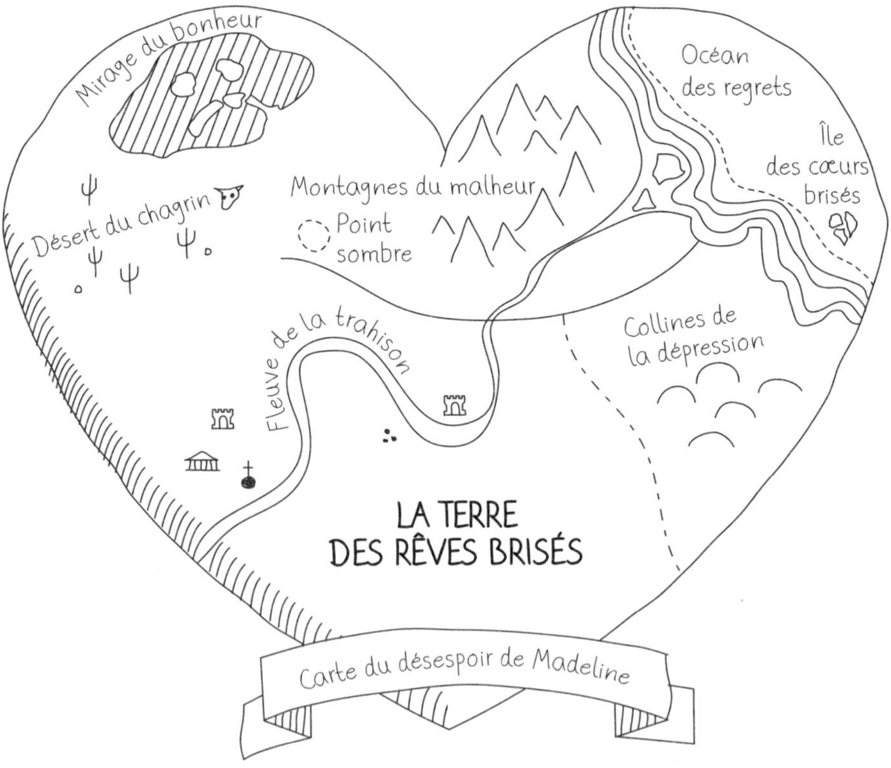

LA VIE EST COURTE
(OU LA RUBRIQUE DU SPOIL, PAR MADELINE)

L'Étranger, d'Albert Camus
En attendant Godot, de Samuel Beckett
La Nausée, de Jean-Paul Sartre

Attention, spoiler :
Entre tout et rien, il n'y a qu'un pas.

TOUT SÉLECTIONNER, SUPPRIMER

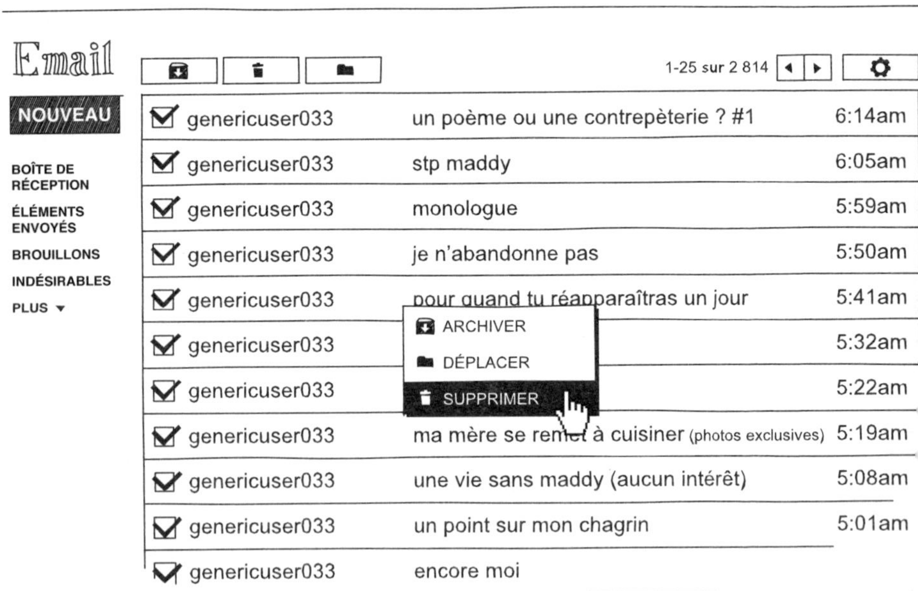

FAIRE SEMBLANT

Je suis plus forte de jour en jour. Je ne souffre pas, sauf du cœur, mais je n'en ai plus l'usage. Je garde les volets fermés. Je lis. Des romans existentiels ou nihilistes. Je ne supporte plus les livres qui prétendent que la vie a un sens. Je ne supporte plus les *happy ends*.

Je ne pense pas à Olly. Il m'envoie des e-mails que je mets à la corbeille sans les lire.

Après deux semaines, je me sens assez en forme pour reprendre certains cours. Deux semaines plus tard, je les ai tous repris.

Je ne pense pas à Olly. Je mets quelques e-mails de plus à la corbeille.

Ma mère fait tout pour que j'aille mieux. Elle tourne en rond, s'inquiète, s'agite et m'administre mes médicaments. Maintenant que je suis rétablie, elle voudrait que nous reprenions nos activités mère-fille. Comme Olly, elle aimerait que notre vie retrouve son cours normal. Je n'éprouve aucun plaisir aux soirées que nous passons ensemble (je n'éprouve plus aucun plaisir à rien), mais je le fais pour elle. Elle a encore perdu du poids. Ça m'angoisse, et, comme je ne sais pas comment l'aider, je joue au Scrabble phonétique et au Pictionary Juré-Craché, je regarde des films et je fais semblant.

Je ne reçois plus d'e-mails d'Olly.

– J'ai demandé à Carla de revenir, dit ma mère, un soir après le dîner.

– Je croyais que tu n'avais plus confiance en elle.

– Non, en effet. Mais j'ai confiance en toi. Cette histoire t'a mis du plomb dans la tête. Il y a certaines choses qu'on doit apprendre par soi-même.

RETROUVAILLES

Dès le lendemain, Carla est chez nous, à s'activer dans tous les sens. Elle est encore plus affairée que d'habitude, et c'est comme si elle n'était jamais partie.

En arrivant, elle me prend dans ses bras.

– Je m'en veux, dit-elle. Tout est ma faute.

Je reste serrée contre elle, à m'efforcer de ne pas m'effondrer. Si je pleure, tout cela deviendra réel. Je devrai vraiment vivre cette vie. Je ne reverrai vraiment plus Olly.

J'essaie de retenir mes larmes, mais je n'y parviens pas. Carla est comme un oreiller moelleux où il fait si bon pleurer… Et, une fois lancée, je continue pendant une heure. Carla est trempée, et je n'ai plus une seule larme en stock. Est-ce qu'on peut être à bout de larmes ? À peine me suis-je posé cette question que j'y réponds moi-même en me remettant à pleurer.

Puis mes pleurs cessent enfin.

– Comment va ta maman ? me demande Carla.

– Disons qu'elle ne me déteste pas…

– Les mères ne détestent jamais leurs enfants. Elles les aiment bien trop pour ça.

– Pourtant, elle devrait. Je suis une fille atroce. Et j'ai fait quelque chose d'atroce.

Mes larmes se remettent à couler, et Carla les essuie du revers de la main.

– Et ton Olly ?

Je secoue la tête. Je peux tout confier à Carla, sauf ça. Mon cœur est trop meurtri, et je veux garder cette douleur en moi comme un souvenir. Je ne veux pas mettre de la pommade dessus. Je ne veux pas que mon cœur guérisse. Car, s'il guérit, je serai tentée de m'en servir à nouveau.

Nous retrouvons nos habitudes. Chaque jour est pareil au précédent et pas très différent du suivant. « La mariée ira mal. » Je travaille sur une maquette de bibliothèque, avec des escaliers façon Escher, qui s'interrompent à mi-hauteur sans aboutir nulle part. Du Dehors, j'entends un grondement suivi d'un *bip !* insistant. Cette fois, je comprends tout de suite de quoi il s'agit.

Je me retiens d'abord d'aller à la fenêtre. Mais Carla, elle, y va et me raconte ce qu'elle voit. C'est un camion de déménagement : *Les Deux Frères Déménageurs.* Les deux frangins en question descendent du camion et en déchargent des diables, des cartons vides et des rouleaux de scotch marron. Ils parlent à la mère d'Olly. Kara et lui sont là aussi. Mais pas de père en vue, précise Carla.

Ma curiosité l'emporte, et me voilà à la fenêtre, espionnant la scène derrière le rideau. Carla a raison. Le père d'Olly n'est pas là. Olly, Kara et leur mère courent dans tous les sens. Ils entrent dans la maison et en sortent pour déposer sous le porche des cartons et des sacs-poubelles pleins à craquer, que les déménageurs chargent à bord du camion. Ils n'échangent pas un mot. Même de là où je me trouve, je perçois la nervosité de la mère. Olly s'arrête fréquemment pour la prendre dans ses bras. Elle se cramponne à lui, et il lui tapote le dos. Kara ne se joint pas à eux. Elle ne se cache plus pour fumer désormais, et fait tomber ses cendres sur le perron.

J'essaie de ne pas trop fixer Olly, mais c'est plus fort que moi. Mon cœur se fiche totalement de ce que lui dit mon cerveau. Je sais avec exactitude à quel moment il sent le poids de mon regard sur lui. Il interrompt ce qu'il est en train de faire et se retourne. Nos yeux se croisent. Ça n'a rien à voir avec la première fois. La première fois, tout était possible ; nous ne savions pas ce qui allait se passer. Même si une part de moi, déjà, se doutait que j'allais tomber amoureuse.

Cette fois-ci, tout n'est que certitude : je sais que je l'aime et que je l'aimerai toujours.

Il lève la main pour me saluer. Je lâche le rideau, me détourne et m'adosse au mur, le souffle court.

Je voudrais pouvoir effacer ces derniers mois où je l'ai connu. Je resterais juste dans ma chambre. J'entendrais le *bip !* du camion derrière la porte et je ne bougerais pas de mon canapé blanc dans ma chambre blanche, à lire mes romans flambant neufs. Je me rappellerais le passé, et qu'il ne faut surtout pas le répéter.

SURVEILLANCE DU VOISINAGE #3

Emploi du temps de son père

9:00 : Part travailler.

20:30 : Gravit d'un pas incertain les marches du perron et entre dans la maison. Déjà soûl ?

21:00 : Ressort sous le porche, un verre à la main.

22:15 : S'endort sur la chaise bleue.

Un peu plus tard : Rentre en titubant dans la maison.

Emploi du temps de sa mère

Inconnu

Emploi du temps de Kara

Inconnu

Emploi du temps d'Olly

Inconnu

CINQ SYLLABES

Un mois plus tard, juste après Noël, le père déménage à son tour. Par la fenêtre, je le vois porter quelques cartons dans une remorque. J'espère de tout mon cœur qu'il ne va pas rejoindre Olly, Kara et leur mère, où qu'ils soient.

Pendant des jours, j'observe la maison, en me demandant comment elle peut rester aussi inchangée, d'apparence aussi solide et familière alors qu'il n'y a plus personne dedans.

J'attends encore deux jours avant de lire enfin les e-mails d'Olly. Ils sont restés dans la corbeille, comme je l'espérais.

De : genericuser033@gmail.com
À : Madeline F. Whittier <madeline.whittier@gmail.com>
Objet : un poème ou une contrepèterie ? #1
Envoyé le : 16 octobre, 06:14

il était une fille appelée Madeline
qui transperça mon cœur pire qu'une javeline
me voilà qui mange les pissenlits par la racine
ah la belle assassine !
est-ce qu'il existe d'autres mots qui riment avec Madeline ?

De : genericuser033@gmai com
À : Madeline F. Whittier <madeline.whittier@gmail.com>
Objet : un poème ou une contrepèterie ? #2
Envoyé le : 17 octobre, 20:03

jadis une fille vivait dans une bulle
ce n'était pas très cool comme préambule.
quand mon cœur je lui donnai
elle s'empressa de le piétiner.
tout cela est ma foi bien ridicule.

P.S. tu préférerais des contrepèteries ?

Je ris à en avoir les larmes aux yeux. Il devait vraiment m'en vouloir pour me proposer de m'envoyer des contrepèteries et même pas un seul haïku.

Ses autres e-mails sont moins poétiques. Il m'y raconte ses efforts pour persuader sa mère de trouver de l'aide et pour tenter de protéger Kara d'elle-même. Il ne sait pas quel argument a fini par convaincre sa mère. Peut-être est-ce quand il lui a dit que, si elle ne se décidait pas à partir, il ne voulait plus faire partie de cette famille. Il faut parfois quitter les gens qui nous aiment, a-t-il ajouté. Ou peut-être est-ce quand il lui a parlé de moi, de la gravité de ma maladie, et de ma décision de tout risquer juste pour vivre. Elle me trouve très courageuse, précise-t-il.

LE DERNIER EST UN HAÏKU

De : genericuser033@gmail.com
À : Madeline F. Whittier <madeline.whittier@gmail.com>
Objet : haïku #1
Envoyé le : 31 octobre, 21:07

cinq syllabes là
sept pour la deuxième ligne
je t'aime Maddy

ICI ET MAINTENANT

D'après les maths d'Olly, on ne peut pas prédire le futur. Il se trouve que, pour moi, on ne peut pas non plus prédire le passé. Le temps se déroule dans les deux directions – en avant et en arrière – et ce qui arrive ici et maintenant les change toutes les deux.

CONFIDENTIEL

De : Dr Melissa Francis
À : madeline.whittier@gmail.com
Objet : Résultats de vos tests – CONFIDENTIEL
Envoyé le : 29 décembre, 08:03

Mon nom ne vous dira sans doute rien. Je suis le Dr Melissa Francis. Je me suis occupée de vous pendant quelques heures il y a deux mois, au Memorial Hospital d'Hawaï.
J'ai cru bon de vous contacter directement. Sachez que j'ai étudié votre cas avec la plus grande attention. Et je ne crois pas que vous soyez atteinte de DICS.
Je me doute que cela doit être un choc pour vous. Je joins à ce message les résultats de plusieurs tests, et je vous recommande de les confronter à un deuxième, voire un troisième avis. Toutefois, pour vérifier mes conclusions, je pense que vous

avez tout intérêt à consulter un autre médecin que votre mère. Les médecins ne devraient pas s'occuper des membres de leur famille.

Ce que vous avez subi le mois dernier à Hawaï est, selon mon diagnostic, un infarctus du myocarde déclenché par une infection virale. D'après ce que j'ai pu déduire de vos antécédents, je pense que votre système immunitaire est particulièrement fragilisé par l'environnement dans lequel vous avez grandi.

N'hésitez pas à me contacter pour toute question.

Bien à vous,

Dr Melissa Francis

PROTECTION

Je dois lire cet e-mail six fois avant que les lettres se décident à former des mots, et les mots, des phrases compréhensibles. Et, même alors, le sens de ces mots mis bout à bout m'échappe encore. Je reporte mon attention sur la pièce jointe, qui détaille les résultats des examens. Les chiffres sont tous notablement moyens, ni trop hauts ni trop bas.

Il y a sûrement erreur. Il *doit* y avoir une erreur. Le Dr Francis a mélangé mes données avec celles d'un autre patient. Ou il existe une autre Madeline Whittier. Ou c'est un médecin inexpérimenté. Bref, le monde est cruel sans aucune raison. Je suis convaincue de tout cela, et pourtant… J'imprime l'e-mail et les résultats. Je n'agis pas au ralenti. Le cours du temps n'a pas changé d'allure.

Les mots imprimés ne sont pas différents de ceux sur l'écran ; ils ont juste l'air plus lourds, l'air d'avoir plus de poids. Mais ils ne peuvent pas être vrais. Il n'y a aucune chance qu'ils soient vrais.

Je passe une heure sur Google, à faire des recherches sur chaque test et à essayer de comprendre leur signification. Bien sûr, Internet n'est pas capable de dire si les résultats sont corrects, si je suis une jeune fille tout ce qu'il y a de plus ordinaire, avec une santé tout ce qu'il y a de plus ordinaire.

Et, de toute façon, je sais – je *sais* – qu'il s'agit d'une erreur. Malgré cela, mes pieds m'entraînent vers les escaliers, à travers la salle à manger, et jusqu'au bureau de ma mère. Elle n'y est pas. Pas dans le salon non plus. Je me dirige vers sa chambre et frappe doucement à sa porte, les mains tremblantes. Elle ne répond pas. Elle doit être dans la salle de bains, sur le point de se mettre au lit. Je frappe plus fort, puis je tourne la poignée en appelant :

– Maman ?

Quand j'entre dans la pièce, elle vient de sortir de la salle de bains et en éteint la lumière. Lorsqu'elle me voit, ses traits émaciés s'illuminent d'un large sourire. Sur ce visage de plus en plus mince, ses pommettes paraissent extrêmement saillantes. Les cernes sombres que j'ai fait naître sous ses yeux semblent s'y être installés de façon permanente. Elle n'est pas maquillée, et ses cheveux tombent en cascade sur ses épaules. Un pyjama de soie noire pend sur sa frêle silhouette.

– Coucou, ma chérie, dit-elle. Tu veux qu'on fasse une soirée-pyjama ?

Son expression trahit un tel espoir que je suis tentée d'acquiescer. Mais je m'avance dans la pièce en agitant les feuilles que je tiens à la main.

– Ça vient d'un médecin de Maui.

Je cherche son nom des yeux, alors que je le connais par cœur.

– Le Dr Melissa Francis. Tu l'as rencontrée ?

Si je n'étais pas aussi attentive, je ne remarquerais peut-être pas à quel point elle s'est raidie.

– J'ai rencontré beaucoup de médecins à Maui, Madeline.

Sa voix est tendue.

J'insiste :

– Maman, excuse-moi…

Elle lève une main pour m'interrompre.

– Qu'est-ce qu'il y a, Madeline ?

Je fais un autre pas.

– Cette lettre… Le Dr Francis pense que je ne suis pas malade.

Elle me regarde comme si je n'avais pas prononcé cette phrase. Elle se tait pendant si longtemps que je commence à me demander si j'ai réellement ouvert la bouche.

– Qu'est-ce que tu racontes ?

– D'après elle, je ne souffre pas de DICS. Elle pense que je n'en ai jamais été atteinte.

Ma mère s'assoit au bord du lit.

– Oh, non… C'est pour ça que tu viens me voir ?

Sa voix est douce, compatissante.

– Parce que ça t'a donné de l'espoir ?

Elle me fait signe de m'installer à côté d'elle. Elle me prend la feuille et pose une main sur mon épaule.

– Je suis désolée, mais c'est faux.

Je m'effondre dans ses bras. Elle a raison : je me suis mise à espérer. Je suis si bien dans les bras de ma mère ; je me sens au chaud, protégée, en sécurité.

Elle me caresse les cheveux.

– Je suis tellement désolée que tu aies lu ça… C'est totalement irresponsable de la part de cette femme.

– Ne t'inquiète pas, ça va. Je me doutais que c'était une erreur. Je ne me suis pas non plus fait de gros espoirs.

Elle me repousse doucement pour me regarder bien en face.

– Bien sûr que c'est une erreur.

Ses yeux se remplissent de larmes, et elle m'attire de nouveau contre elle.

– Le DICS est une maladie très rare et complexe, ma chérie. Personne ne la comprend parfaitement. Elle se présente sous de nombreuses formes ; les gens qui en sont atteints ne réagissent pas tous de la même façon.

Elle recule à nouveau et plonge son regard dans le mien pour s'assurer que j'écoute et que je comprends. Elle parle plus lentement, sur un ton plein d'indulgence – son ton de médecin.

– Tu t'étais déjà rendu compte de cela par toi-même, non ? Là-bas, tu te sentais bien, et puis, d'un coup, tu t'es retrouvée aux urgences, en train de mourir. Le système immunitaire est quelque chose de très compliqué.

Elle fronce les sourcils en examinant les feuilles dans sa main.

– Et ce Dr Francis ne connaît pas tous tes antécédents familiaux, continue-t-elle. Elle n'a vu qu'une infime partie de la réalité. Ce n'est pas elle qui a passé toute sa vie avec toi.

Son visage s'assombrit un peu plus. Cette erreur la perturbe encore plus que moi.

J'affirme de nouveau :

– Ça va, maman. Je n'y croyais pas vraiment, de toute façon.

Mais j'ai l'impression qu'elle ne m'entend pas.

– Il fallait que je te protège, murmure-elle.

– Je sais, maman.

Je n'ai plus envie d'en parler, maintenant. Je me blottis contre elle.

– Il fallait que je te protège, répète-t-elle, la bouche enfouie dans mes cheveux.

C'est ce second « Il fallait que je te protège » qui réduit une partie de moi au silence.

Il y a dans sa voix une incertitude qui me surprend et que je ne m'explique pas.

Je tente de me dégager de son étreinte pour observer son visage, mais elle me tient serrée contre elle.

– Maman ? dis-je en la repoussant plus vivement.

Elle relâche son emprise et m'effleure la joue de sa main libre.

Je fronce les sourcils.

– Est-ce que je peux les garder ? dis-je en désignant les papiers.

Elle baisse les yeux, semble soudain se demander comment ils sont arrivés dans sa main.

– Tu n'en as pas besoin, me répond-elle.

Mais elle me les rend tout de même, puis tapote le lit.

– Alors, soirée-pyjama ? Je me sentirai mieux si tu restes avec moi.

Peut-être, mais je ne suis pas sûre que ce soit mon cas.

LE DICTIONNAIRE DE MADELINE

Soupçon [sup.sɔ̃] : n.m. **Sens 1** : Vérité que vous ne pouvez pas ou ne voulez pas croire. Ex. : *Le soupçon à l'égard de sa mère la tint éveillée toute la nuit. / Elle commençait à soupçonner que le monde entier se moquait d'elle.* (*Whittier*, 2015)

IDENTITÉ

Carla n'a pas encore franchi la porte que je lui saute dessus avec l'e-mail. Elle le lit, et ses yeux s'agrandissent à chaque phrase. Elle m'agrippe le bras.

– Où tu as eu ça ?

– Lis jusqu'au bout, dis-je.

Les graphiques et les tableaux de données lui parleront plus qu'à moi.

Je scrute son visage, essayant de déterminer ce qui est en train d'arriver à mon univers. Je m'attendais à ce que, comme maman, elle balaye ce courrier d'un revers de main au premier coup d'œil, mais sa réaction est… différente.

– Tu l'as montré à ta mère ?

Je hoche la tête en silence.

– Qu'est-ce qu'elle a dit ?

– Que c'était une erreur.

Je prononce cette phrase dans un souffle, comme si je voulais masquer le son de ma propre voix.

Carla m'observe pendant un moment.

– Il faut qu'on sache, marmonne-t-elle.

– Qu'on sache quoi ?

– Si c'est vrai ou pas.

Je bredouille :

– Comment ça pourrait être vrai ? Ça signifierait que…

– Chut, chut… Pour le moment, on n'en sait rien.

On n'en sait rien ? Bien sûr que si ! On sait que je suis malade. Que je ne peux pas quitter la maison sans risquer de mourir. Je l'ai toujours su : c'est ce que je suis.

J'exige une explication…

– Qu'est-ce qui se passe ? Qu'est-ce que tu me caches ?

– Rien, je ne te cache rien.

– Qu'est-ce que ça veut dire, alors ?

Elle pousse un soupir, long, profond et las.

– Je te jure que je ne sais rien. Mais, parfois, j'ai des soupçons.

– Des soupçons sur quoi ?

– Il m'arrive de penser que ta maman ne va pas bien. Qu'elle ne s'est jamais remise de ce qui s'est passé avec ton père et ton frère.

L'oxygène dans la pièce semble soudain remplacé par autre chose, quelque chose de ténu et d'irrespirable. Cette fois, le temps a vraiment ralenti sa course, et ma vision se réduit comme dans un tunnel. Les murs se sont rapprochés, et Carla s'éloigne de moi, devenant une petite silhouette au bout d'un très long couloir. Cette espèce de vision en entonnoir me donne le vertige. Je vacille sur mes jambes et suis prise de nausée.

Je cours à la salle de bains et vomis dans le lavabo. Carla me rejoint et m'asperge le visage avec de l'eau.

Elle pose la main sur mon dos et je me plie sous ce faible poids. J'ai l'impression de n'avoir plus la moindre substance. Je suis la fille-fantôme imaginée par Olly. Je m'agrippe à la porcelaine du lavabo. Je n'ose pas lever les yeux, de peur de ne pas reconnaître le visage dans le miroir. Ma voix est celle d'une autre lorsque je grogne :

– Il faut que je sache.

– Laisse-moi une journée, répond Carla.

Elle tente de m'attirer vers elle, mais je la repousse. Je ne veux ni réconfort ni protection.

Je veux juste la vérité.

LES PREUVES DE MA VIE

Tout ce que j'ai à faire, c'est dormir : apaiser mon esprit, relâcher mon corps, et dormir. Mais, malgré tous mes efforts, le sommeil ne vient pas. Mon cerveau est une pièce inconnue pleine de trappes. La voix de Carla repasse en boucle dans ma tête. « Elle ne s'est jamais remise de ce qui s'est passé avec ton père et ton frère. » Qu'est-ce que ça signifie ? Je regarde mon réveil : une heure du matin. Encore sept heures à attendre le retour de Carla. Nous allons faire des examens médicaux et les envoyer à un spécialiste du DICS dont j'ai trouvé les coordonnées. Sept heures. Je ferme les yeux. Les rouvre : une heure et une minute. Je ne peux pas attendre que les réponses viennent à moi. Je dois aller les chercher moi-même.

Je fais mon possible pour marcher et non courir jusqu'au bureau de ma mère. Je suis sûre qu'elle dort, mais je ne veux pas risquer de la réveiller. J'attrape la poignée en imaginant, pendant un terrible instant, que la porte est fermée à clé et que je dois attendre. Je ne peux pas attendre. Mais la poignée tourne, et la pièce m'accueille comme si elle m'attendait, comme si elle n'attendait que moi.

Son bureau est parfaitement normal, ni trop rangé, ni trop en désordre. Aucun signe d'un esprit détraqué. Pas d'inscriptions folles sur les murs.

Je m'approche du bureau massif au milieu de la pièce. Il comporte un tiroir à dossiers par lequel je commence. J'ai les mains qui tremblent : pas de petits frémissements, mais de véritables spasmes, comme un séisme que je serais la seule à ressentir.

Ma mère est une archiviste très méticuleuse : elle garde tout. Il me faut plus d'une heure pour venir à bout d'une poignée de dossiers. Il y a les tickets de caisse de chaque achat, petit ou grand, des contrats, des déclarations d'impôts, des garanties et des modes d'emploi. Elle a même conservé tous ses tickets de cinéma.

Enfin, au fond du tiroir, je trouve ce que je suis venue chercher : un épais dossier rouge intitulé *Madeline*. Je le sors avec précaution et le pose sur le sol.

Les documents qui me concernent remontent au temps de sa grossesse. Des ordonnances pour des vitamines prénatales, des échographies, les photocopies de chaque bilan médical. Je trouve une fiche écrite à la main comprenant deux cases à cocher : une pour les garçons, une pour les filles. On a coché « fille ». Mon certificat de naissance est là aussi.

En poursuivant mes recherches, je découvre des rapports médicaux faisant état de rougeurs, d'allergies, d'eczéma, de rhumes, de fièvre et de deux otites, tout cela avant mes quatre mois. J'étais un bébé fragile. Je déniche des factures pour des consultations en rapport avec l'allaitement et le sommeil infantile.

À l'âge de six mois, juste après la mort de mon père et de mon frère, j'ai été hospitalisée pour un virus respiratoire syncytial (aussi appelé VRS). Comme je ne sais pas ce que c'est, je note mentalement ce nom pour chercher plus tard sur Google. En tout cas, c'est assez sérieux pour qu'on m'ait gardée à l'hôpital pendant trois jours.

Après cela, l'archivage devient moins minutieux. Je découvre la photocopie d'un article sur le VRS. Ma mère a entouré un passage où il est dit que le VRS est plus grave chez les personnes souffrant d'un déficit immunitaire. Puis je trouve un article découpé dans une revue médicale au sujet du DICS. Les notes de ma mère en marge sont illisibles. Ensuite, il y a une visite chez un allergologue, puis chez trois immunologues différents. Aucun ne conclut à une maladie.

Et puis, c'est tout.

Je continue à fouiller le tiroir, en quête d'autres documents. Il ne peut pas n'y avoir rien d'autre, ça n'a pas de sens. Où sont les résultats des examens ? Il y a sûrement eu un quatrième immunologue, non ? Où est son diagnostic ? Où sont les consultations et les avis médicaux contradictoires ? Il doit y avoir un second dossier rouge. Je passe les documents en revue une troisième fois. Une quatrième fois. J'étale d'autres dossiers par terre et je les examine rapidement. Je fouille parmi les papiers sur son bureau.

Je feuillette ses publications médicales, à la recherche de passages surlignés.

Ma respiration devient saccadée tandis que j'explore ses étagères. Je retire les livres, je les secoue dans l'espoir d'en faire tomber quelque chose, un résultat de laboratoire oublié, une confirmation de diagnostic.

Mais je ne trouve rien.

Seulement, rien, ce n'est pas une preuve.

Peut-être que la preuve est ailleurs ? Je n'ai besoin que d'un seul essai pour deviner le mot de passe de son ordinateur : « Madeline ». Je mets deux heures à éplucher tous les documents qui y sont enregistrés. J'examine son historique sur Internet. Je regarde dans la corbeille.

Rien.

Rien.

Où sont les preuves de la vie que j'ai vécue ?

Je tourne en rond au milieu de la pièce. Je ne peux pas y croire. Je n'y crois pas. Comment peut-il ne rien y avoir ? Comme si la maladie était soudain apparue dans l'air trop rare que je respire ici.

C'est impensable. C'est impossible.

Est-ce que, réellement, je ne suis pas malade ? Mon esprit flanche face à une telle pensée.

Peut-être que ma mère garde d'autres documents dans sa chambre ? Pourquoi n'y ai-je pas songé plus tôt ?

5 heures 23. Est-ce qu'il faut que j'attende qu'elle se réveille ? Non.

La porte du bureau s'ouvre à l'instant où je me dirige vers elle.

– Ah, tu es là ! fait ma mère, visiblement soulagée. Je m'inquiétais ; tu n'étais pas dans ta chambre.

Elle s'avance et écarquille les yeux en découvrant le chaos qui règne autour de nous.

– Il y a eu un tremblement de terre ?

Elle comprend alors que ce désastre est d'origine humaine. Elle se tourne vers moi, perplexe.

– Qu'est-ce qui se passe, ma chérie ?

– Est-ce que je suis malade ?

Mon sang bat fort dans mes oreilles.

– Qu'est-ce que tu dis ?

– Est-ce que je suis malade ?

Cette fois, ma voix est plus assurée. Le début de colère qui perçait dans la sienne disparaît, remplacé par de l'inquiétude.

– Tu ne te sens pas bien ?

Elle approche la main de mon front, mais je la repousse.

En voyant la douleur qui s'affiche sur son visage, je m'en veux. Mais je continue quand même :

– Non, ce n'est pas ça que je veux dire. Est-ce que je souffre de DICS ?

À présent, son inquiétude se transforme en une exaspération mêlée de pitié.

– C'est encore à cause de cet e-mail ?

– Oui. Et de Carla aussi. D'après elle, tu ne vas peut-être pas bien.

– Ce qui signifie… ?

C'est vrai, ça : de quoi je l'accuse, au juste ? Je poursuis mon interrogatoire :

– Où sont passés tous les papiers ?

Elle prend une profonde inspiration pour tenter de se calmer.

– Madeline Whittier, de quoi parles-tu ?

– Tu gardes tout, pourtant il n'y a rien sur le DICS ici. Pourquoi je n'ai rien trouvé ?

Je ramasse le dossier rouge et le lui fourre dans les mains.

– Tu as conservé tout le reste.

– De quoi tu parles ? répète-t-elle. Bien sûr que tout est là...

Je ne sais pas à quelle réponse je m'attendais, mais certainement pas à celle-là. Est-ce qu'elle croit vraiment que tout est dans ce dossier ? Elle le serre contre sa poitrine comme si elle voulait le faire disparaître en elle.

– Tu as bien regardé ? Je ne jette jamais rien.

Elle marche jusqu'à son bureau et fait de la place. Je la regarde tandis qu'elle examine les documents, les classe, lisse du plat de la main des feuilles qui n'en ont pas besoin.

Après un moment, elle lève les yeux vers moi.

– C'est toi qui les as pris ? Tous les documents étaient là.

Sa voix est chargée de confusion, mais aussi de peur.

À cet instant précis, j'en suis certaine : je ne suis pas malade. Je ne l'ai jamais été.

DEHORS

Je m'enfuis du bureau. Le couloir s'étire sans fin devant moi. Dans le sas, il n'y a pas d'air. Dehors, mon souffle ne fait aucun bruit.

Mon cœur ne bat plus.

Je vomis le maigre contenu de mon estomac. La bile me brûle le fond de la gorge.

Je pleure, et le petit matin frais refroidit les larmes qui coulent sur mon visage.

Je ris, et le froid entre dans mes poumons.

Je ne suis pas malade. Je n'ai jamais été malade.

Toutes les émotions que je retiens depuis vingt-quatre heures déferlent en moi. L'espoir et le désespoir, l'attente et le regret, la joie et la colère. Comment peut-on éprouver en même temps des émotions aussi contradictoires ? Je me débats dans un océan couleur d'encre, un gilet de sauvetage noué autour de ma taille et une ancre attachée à ma jambe.

Ma mère me rattrape. Les traits de son visage sont dévastés par la peur.

– Mais qu'est-ce que tu fais ? Qu'est-ce que tu fais ? Rentre tout de suite !

Ma vision s'étrécit à nouveau, avec cette femme comme seul point de mire.

– Pourquoi, maman ? Pourquoi je devrais rentrer ?

– Parce que tu es malade. Dehors, il pourrait t'arriver les pires choses…

Elle essaie de m'attirer contre elle, mais je fais un bond en arrière.

– Non, je ne rentre pas.

– S'il te plaît, implore-t-elle. Je ne peux pas te perdre. Pas après tout ça…

Elle me regarde, pourtant je sais sans le moindre doute qu'elle ne me voit pas.

– Je les ai perdus, gémit-elle. J'ai perdu ton papa, et j'ai perdu ton frère. Je ne pouvais pas te perdre aussi. Je ne pouvais pas.

Son visage s'affaisse, complètement décomposé. Quelle que soit l'armature qui le faisait tenir jusque-là, elle vient de céder brusquement, de façon désastreuse.

Ma mère est fêlée. Elle est fêlée depuis très longtemps. Carla a raison ; elle ne s'est jamais remise de leur mort.

Je bredouille quelques mots – je ne sais pas quoi –, mais elle ne s'arrête pas de parler.

– Juste après leur décès, tu es tombée très, très malade. Tu avais du mal à respirer, je t'ai conduite aux urgences et nous y sommes restées trois jours. Ils ont dit que c'était sûrement une allergie ; ils m'ont donné une liste de choses à éviter absolument, mais je savais que c'était plus grave que ça.

Elle remue la tête de haut en bas.

– Je savais que c'était plus grave. Et je devais te protéger. Dehors, il peut t'arriver n'importe quoi.

Elle regarde autour d'elle et répète :

– Dehors, dans ce monde, il peut t'arriver n'importe quoi.

Elle devrait me faire de la peine. Mais je ne ressens pas cela. La colère qui monte en moi occulte tout le reste. Je me mets à hurler :

– Je ne suis pas malade ! Je n'ai jamais été malade ! C'est toi qui es malade !

J'agite l'index sous son nez et la vois se tasser devant moi.

– Suis-moi dans la maison, murmure-t-elle. Je te protégerai. Reste avec moi. Tu es tout ce que j'ai.

Sa douleur est infinie ; elle s'étend jusqu'au bout du monde.

Sa douleur est une mer morte.

Sa douleur est à cause de moi, et je ne peux plus la supporter.

CONTE DE FÉES

Il était une fois une jeune fille dont la vie entière était un mensonge.

VIDE

Un univers qui naît en un clin d'œil peut disparaître en un clin d'œil.

LE DÉBUT ET LA FIN

Quatre jours passent. Je mange. Je fais mes devoirs. Je ne lis pas. Ma mère erre tel un fantôme. Je ne crois pas qu'elle comprenne ce qui s'est passé. Elle paraît se rendre compte qu'elle doit se faire pardonner quelque chose, mais elle ne sait plus trop quoi. Parfois, elle tente de me parler, mais je l'ignore. Je la regarde à peine.

Le lendemain matin après ma terrible découverte de la vérité, Carla est allée porter des échantillons de mon sang au spécialiste du DICS, le Dr Chase. À présent, nous sommes dans son cabinet, attendant qu'on nous appelle. Même si je sais déjà ce qu'il va dire, je redoute sa confirmation.

Qui suis-je si je ne suis pas malade ?

Une infirmière prononce mon nom, et je demande à Carla de rester dans la salle d'attente. Je ne sais pas pourquoi, je préfère être seule pour entendre le verdict.

Quand j'entre dans la pièce, le Dr Chase se lève. Il ressemble parfaitement aux photos que j'ai vues de lui sur

Internet : un homme blanc et âgé, avec des cheveux gris et de beaux yeux noirs.

Il me regarde avec un mélange de sympathie et de curiosité.

Il m'invite à m'asseoir et attend que je m'exécute pour se réinstaller lui-même sur son fauteuil.

– Votre cas…, commence-t-il avant de s'interrompre.

Il est nerveux, aussi je le rassure :

– Vous pouvez y aller ; je sais déjà.

Il ouvre un dossier sur son bureau et secoue la tête, comme si ces résultats étaient une véritable énigme.

– J'ai analysé ces données plusieurs fois. J'ai demandé à mes collègues de vérifier si je ne me trompais pas. Vous n'êtes pas malade, mademoiselle Whittier.

Il se tait, attendant ma réaction. J'opine du chef en répétant :

– Je le sais déjà.

– L'infirmière Carla Flores m'a décrit votre situation.

Il feuillette attentivement quelques pages de plus, hésitant à m'en dire davantage.

– En tant que médecin, votre mère ne pouvait pas l'ignorer. Le DICS est une maladie rare, qui peut prendre de multiples formes, je l'admets, mais vous ne présentez aucun – je dis bien *aucun* – des symptômes habituels de cette maladie. Toutes les recherches, tous les tests auxquels elle aurait pu vous soumettre l'auraient confirmé.

Les murs de la pièce autour de moi s'effondrent, et je me retrouve dans un paysage tout blanc, sans aucun repère, si ce n'est une multitude de portes s'ouvrant sur le néant.

Je recouvre mes esprits pour constater que le médecin me dévisage, l'air d'attendre une réponse. Je lui demande :

– Excusez-moi… Vous avez dit quelque chose ?

– Oui. Que vous deviez sûrement vouloir me poser des questions… ?

– Pourquoi suis-je tombée malade à Hawaï ?

– Tout le monde tombe malade, Madeline. Les gens normaux, en bonne santé, tombent malades très régulièrement.

– Mais mon cœur s'est arrêté…

– En effet. Je pense que c'était une myocardite. J'ai discuté avec le médecin qui vous a suivie à Hawaï. Elle en est arrivée à la même conclusion. Il y a longtemps, vous avez dû contracter une infection virale qui a affaibli votre cœur. Est-ce que vous avez ressenti des douleurs à la poitrine ou un essoufflement lors de votre séjour là-bas ?

– Oui, dis-je en me remémorant les contractions de mon cœur, que j'avais délibérément ignorées.

– Ça semble corroborer l'hypothèse de la myocardite.

Comme je n'ai plus de questions à poser – plus à lui, en tout cas –, je me lève.

– Merci beaucoup, docteur Chase.

Lui aussi se lève, visiblement perturbé et encore plus nerveux que tout à l'heure.

– Juste une chose avant que vous partiez…

Je me rassois.

– Étant donné les conditions dans lesquelles vous avez grandi, votre système immunitaire reste incertain.

– Qu'est-ce que ça veut dire ?

– Qu'il est sans doute sous-développé, comme celui d'un bébé.

– D'un bébé ?

– Oui. Pendant toute votre vie, votre système immunitaire n'a été exposé à aucun virus ou infection bactérienne communs. Il n'a pas eu l'occasion d'apprendre à les combattre. Il n'a pas pu se renforcer.

– Donc, je suis toujours malade ?

Il se renfonce dans son fauteuil.

– Je n'ai pas vraiment de réponse à cette question. Nous avançons en terrain totalement inconnu. Je n'ai jamais entendu parler d'un cas similaire au vôtre. Il est possible que vous tombiez malade plus souvent que des personnes dotées d'un système immunitaire sain, et que, quand cela arrive, vos symptômes soient plus graves que ceux des autres.

– Comment peut-on le savoir ?

– On ne le peut pas. Je vous recommande donc d'être prudente.

Nous prévoyons de nous voir toutes les semaines. Il me conseille de commencer à explorer le monde doucement : pas de bain de foule, pas de nourriture étrangère, pas d'effort physique intense.

– Le monde ne va pas se sauver, conclut-il.

APRÈS LA MORT

Je passe les jours suivants à chercher des informations, n'importe quoi qui puisse m'éclairer sur ce qui m'est arrivé et ce qui est arrivé à ma mère. Je veux reconstituer noir sur blanc le journal de ses pensées. Je veux dessiner au plus près les contours de sa folie, pour pouvoir retracer son histoire et la mienne. Je veux des détails et des explications. Je veux savoir pourquoi, pourquoi et encore pourquoi. Je dois savoir ce qui est arrivé, et ce n'est pas elle qui pourra me le dire. Elle est trop anéantie. Et, même si elle y parvenait, qu'est-ce que ça changerait ? Est-ce que je pourrais la comprendre ? Comment concevoir l'abîmc dc chagrin et de peur qui l'a poussée à me voler ma vie ?

D'après le Dr Chase, elle a besoin d'une thérapie. Il pense qu'il lui faudra longtemps avant de pouvoir me raconter exactement ce qui s'est passé, si elle y arrive un jour. Il croit qu'elle a sombré dans une sorte d'énorme dépression nerveuse à la mort de mon père et de mon frère.

Carla utilise tous les moyens en son pouvoir pour me dissuader de quitter la maison. Pas seulement pour ma mère, mais aussi pour moi. Ma santé reste incertaine.

Je voudrais écrire à Olly, mais ça fait si longtemps… Et puis, je lui ai menti. Et puis, il est probablement passé à autre chose. Il a sans doute rencontré quelqu'un. Je ne suis pas sûre que je pourrais supporter de souffrir davantage. Et puis, qu'est-ce que j'écrirais ? Que je ne suis (presque) plus malade ?

Finalement, Carla réussit à me convaincre de rester avec ma mère. Je suis une meilleure personne que ce que je pense, dit-elle. Moi, je n'en suis pas certaine. Celle que j'étais avant de découvrir la vérité est morte.

UNE SEMAINE PLUS TARD

Première visite hebdomadaire chez le Dr Chase. Il me conseille encore d'être prudente.

J'installe un verrou à la porte de ma chambre.

DEUX SEMAINES PLUS TARD

Email

NOUVEAU

BOÎTE DE RÉCEPTION

ÉLÉMENTS ENVOYÉS

BROUILLONS

INDÉSIRABLES

PLUS ▾

1-4

Madeline, Olly (BROUILLON)	désolée, tu me manques	19 janv.
Madeline, Olly (BROUILLON)	comment vas-tu ?	20 janv.
Madeline, Olly (BROUILLON)	grande nouvelle	21 janv.
Madeline, Olly (BROUILLON)	ma mère	22 janv.

TROIS SEMAINES PLUS TARD

Ma mère essaie d'entrer dans ma chambre, mais la porte est verrouillée de l'intérieur.

Elle s'en va.

Je fais des brouillons d'e-mails pour Olly, que je n'envoie pas.

Le Dr Chase continue de me recommander la prudence.

QUATRE SEMAINES PLUS TARD

Je peins chaque mur de ma chambre d'une couleur différente. Celui de la fenêtre devient jaune pâle. Mes étagères prennent la couleur d'un coucher de soleil qui contraste sur le mur bleu canard. Celui derrière la tête du lit est lavande, et je recouvre le dernier d'une peinture pour tableau noir.

Ma mère frappe à la porte ; je fais semblant de ne pas l'entendre.

Elle repart.

CINQ SEMAINES PLUS TARD

Je commande de vraies plantes pour la véranda. J'arrête les filtres à air et j'ouvre les fenêtres. J'achète cinq poissons rouges, que je nomme tous Olly et que je lâche dans le ruisseau.

SIX SEMAINES PLUS TARD

Le Dr Chase trouve qu'il est trop tôt pour m'inscrire au lycée : trop d'ados, porteurs de trop de maladies. Carla et moi le persuadons d'autoriser certains de mes profs particuliers à me rendre visite, du moment qu'ils sont en bonne santé. Il est réticent, mais finit par donner son accord.

LA MAMAN DE MADELINE

Service de psychiatrie familiale
33 Bluff Avenue, Santa Monica, CA

Margaret Stevenson
Diplômée en Médecine,
membre du Syndicat des Psychiatres

23/02/16 16h19
Enregistré le 26/02/16 à 20h30

Page 1 sur 1

PATIENTE
Pauline Whittier (F 51)

SYNTHÈSE
La patiente est enfin capable de raconter la nuit où son mari et son fils sont morts. Elle en parle encore au présent. Beaucoup de travail reste à faire.

TRANSCRIPTION
Vous saviez que les policiers touchent leur arme lorsqu'ils sont nerveux ? C'est un tic. J'ai remarqué ça quand je travaillais aux urgences, chaque fois qu'ils amenaient des membres de gang ou des cambrioleurs blessés. Je pense que ce geste les calme. Quand c'est arrivé, deux d'entre eux sont venus à la maison. Un homme et une femme. Est-ce que c'est fait exprès, qu'il y ait un homme et une femme ? C'est elle qui parle tout le temps, sans arrêter de toucher son revolver. Elle m'appelle « madame ». Je crois qu'elle voudrait que je devine la nouvelle pour qu'elle n'ait pas à me l'annoncer. Je suis médecin. Je suis habituée à donner des mauvaises nouvelles. Mais elle, non. Elle n'arrête pas de parler. Elle me dit tout ce qui est arrivé, mais moi, je ne suis plus là. Je suis retournée dans la chambre de Madeline. Je lui frotte le ventre. Elle est encore malade. Elle est toujours malade. Otites, diarrhées, bronchites. La policière parle et parle encore, je voudrais qu'elle s'arrête. Je voudrais que tout s'arrête. Plus de bébé qui pleure, plus de maladie, plus d'hôpital, plus de morts. Si tout pouvait s'arrêter pour une fois, juste s'arrêter.

FD: EM

DES FLEURS POUR ALGERNON

Une semaine plus tard, Carla et moi regardons M. Waterman qui traverse le jardin jusqu'à sa voiture et démarre. Avant qu'il parte, je l'ai enlacé. Il a eu l'air surpris, mais il n'a pas posé de question ; il s'est contenté de se laisser faire, comme si c'était la chose la plus naturelle du monde.

Je reste dehors quelques minutes après son départ. Carla m'attend. Elle essaie de trouver la manière la plus gentille de briser mon cœur déjà brisé.

– Eh bien…

Je sais ce qu'elle va dire. Elle cherche ses mots depuis ce matin.

– S'il te plaît, Carla, ne me laisse pas. J'ai encore besoin de toi.

Je sens le poids de son regard sur moi, mais l'affronter est au-dessus de mes forces.

Elle ne tente pas de me contredire. Elle me prend juste la main.

– Si tu as vraiment, vraiment besoin de moi, je reste, affirme-t-elle en étreignant mes doigts. Mais je ne crois pas que tu aies besoin de moi.

– J'aurai toujours besoin de toi.

Je ne fais aucun effort pour retenir mes larmes.

– Mais pas comme avant..., réplique-t-elle doucement.

Elle a raison, bien sûr. Je n'ai plus besoin qu'elle soit là huit heures par jour. Je n'ai plus besoin qu'elle soit aux petits soins avec moi. Seulement, qu'est-ce que je vais devenir sans elle ?

Mes larmes se muent en énormes sanglots, et elle me prend dans ses bras, me berçant jusqu'à ce que mes pleurs s'épuisent.

– Qu'est-ce que tu vas faire ?

Elle essuie mon visage avec ses deux mains.

– Je vais peut-être retourner travailler en hôpital.

– Tu l'as dit à maman ?

– Oui, ce matin.

– Qu'est-ce qu'elle a répondu ?

– Elle m'a remerciée de m'être occupée de toi.

Je ne cache pas mon agacement. Elle m'attrape le menton.

– Il va falloir que tu trouves dans ton cœur la force de lui pardonner.

– Ce qu'elle a fait est impardonnable.

– Elle était malade, ma puce. Elle est toujours malade.

Je secoue la tête.

– Elle m'a privée de toute ma vie.

Encore maintenant, chaque fois que je pense à toutes ces années perdues, j'ai l'impression d'être au bord d'un énorme gouffre, dans lequel je pourrais tomber sans plus jamais réussir à remonter.

D'un coup de coude, Carla me rappelle à la réalité.

– Non, pas toute ta vie. Tu as plein de choses à vivre maintenant.

Nous rentrons dans la maison. Je la suis partout, je la regarde emballer ses affaires pour la dernière fois. Je lui demande :

– Tu as fini par lire *Des fleurs pour Algernon* ?

– Oui.

– Tu as aimé ?

– Non. Ce n'est pas mon style de livre. Pas assez d'espoir.

– Ça t'a fait pleurer, hein ?

Elle secoue la tête, avant d'avouer :

– Oui, bon… comme un bébé.

Et nous éclatons de rire toutes les deux.

LE CADEAU

Une semaine plus tard, ma mère frappe à ma porte. Je ne bouge pas de mon canapé. Elle insiste, et ma rancœur redouble. Je ne crois vraiment pas que nous puissions nous en remettre. Je ne vois pas comment je pourrais lui pardonner alors qu'elle n'a même pas conscience de la gravité de son crime.

J'ouvre la porte à la volée alors qu'elle s'apprête à frapper de nouveau.

– Ce n'est pas le moment, dis-je.

Elle sursaute, mais ça m'est égal. Je veux lui faire du mal, encore et encore. Ma colère n'est jamais très loin. Je m'attendais à ce qu'elle diminue avec le temps, mais non, elle est toujours là, juste sous la surface.

Ma mère respire un grand coup avant de lancer, d'une petite voix gênée :

– Je t'ai apporté quelque chose.

Je lève les yeux au ciel.

– Tu crois qu'un cadeau va tout arranger ?

Je sais que je viens encore de la blesser. Le cadeau tremble entre ses mains. Je le prends, ne serait-ce que pour mettre un point final à cette conversation. Je ne veux pas être avec elle, je ne veux pas ressentir pour elle de la pitié, ou de l'empathie, ou de la compassion, ou quoi que ce soit d'autre.

Elle s'apprête à partir, puis s'arrête.

– Je t'aime toujours, Madeline. Et toi aussi, tu m'aimes toujours. Tu as toute la vie devant toi. Ne la gaspille pas. Pardonne-moi.

LE DÉBUT DE LA FIN

J'ouvre le cadeau de ma mère. C'est un téléphone. Il s'allume sur une application météo qui donne les prévisions pour la semaine : clair et ensoleillé tous les jours.

Il faut que je sorte de la maison.

Une fois dehors, je ne sais où je vais qu'une fois que j'y suis. L'échelle d'Olly est toujours là où il l'a laissée. Je monte sur le toit.

Le planétaire est toujours là, lui aussi, et toujours aussi beau. Les petites sphères en aluminium oscillent dans l'air en renvoyant à l'univers les rayons du soleil. Je donne une chiquenaude à l'une des planètes, et le système entier se met à tourner doucement. Je comprends alors pourquoi Olly l'a fabriqué. C'est apaisant d'englober le monde entier d'un seul coup d'œil, de percevoir comment s'agencent ses différents éléments.

Ne s'est-il passé que cinq mois depuis la dernière fois que je suis montée ici ? J'ai l'impression qu'il s'est écoulé une vie entière, ou même plusieurs vies. Et la fille qui était là, était-ce vraiment moi ? Qu'ai-je en commun avec cette Maddy du passé, si ce n'est une forte ressemblance physique et le même nom ?

Quand j'étais petite, l'une de mes activités favorites consistait à imaginer d'autres versions de moi dans des univers parallèles. Parfois j'étais une fille de la campagne aux joues roses, mâchouillant des fleurs et courant sur le flanc des collines sur des kilomètres. Parfois j'étais une espèce de risque-tout carburant à l'adrénaline, adepte de saut en parachute et de Formule 1. Ou bien j'étais une pourfendeuse de dragons dans une cotte de maille, sabre au clair. C'était amusant d'imaginer toutes ces choses parce qu'en réalité je savais qui j'étais. Aujourd'hui, je n'en sais plus rien. Dans ce nouveau monde, j'ignore ce que j'incarne.

J'essaie de retrouver avec précision le moment où tout a basculé. Le moment qui a lancé ma vie sur cette voie. Est-ce la mort de mon père et de mon frère, ou est-ce que ça date encore d'avant cela ? Est-ce lorsqu'ils sont montés dans cette voiture, ce jour-là ? Est-ce la naissance de mon frère ? Ou alors la rencontre entre mon père et ma mère ? Peut-être n'est-ce aucun de ces événements. Ou bien le moment où le chauffeur du camion a cru qu'il était assez en forme pour conduire ? Ou avant, quand il a décidé de devenir chauffeur de poids lourds ? Ou quand lui est né ?

Ou n'importe lequel des innombrables moments qui ont mené à celui-ci.

Alors, si je pouvais changer l'un d'eux, lequel choisirais-je ? Est-ce que cela me permettrait d'obtenir le résultat voulu ? Et ainsi, serais-je encore moi-même ? Aurais-je habité dans cette maison ? Un garçon nommé Oliver aurait-il emménagé à côté ? Serions-nous tombés amoureux ?

D'après la théorie du chaos, le moindre petit changement dans une situation initiale peut produire les conséquences les plus folles et les plus inattendues. Le battement des ailes d'un papillon peut provoquer un ouragan.

Et pourtant…

J'ai envie de croire que, si je trouvais ce moment décisif, je pourrais le disséquer morceau par morceau, molécule par molécule, jusqu'au noyau atomique, jusqu'à sa partie primordiale. Si je réussissais à le disséquer et le comprendre, alors je pourrais provoquer exactement le changement qu'il faut.

Je soignerais ma mère ou je ferais en sorte qu'elle n'ait jamais été brisée.

Je comprendrais comment j'ai réussi à m'asseoir sur ce toit au début et à la fin de toute cette histoire.

IMPARFAIT DU FUTUR #2

De : Madeline F. Whittier
À : genericuser033@gmail.com
Objet : Futur antérieur #2
Envoyé le : 10 mars, 19:33

Quand tu liras ce mail, tu m'auras pardonné.

DÉCOLLAGE

ALTAIR
Carte d'embarquement
vol
AT3881 11MAR16630a
Nom
WHITTIER MADELINE
De
LAX LOS ANG
À
JFK NEW YORK
porte
33
siège
09F
NOM
WHITTIER MADELINE
Siège
09F
De
LAX LOS ANG
À
JFK NEW YORK
ALTAIR

PARDON

Par le hublot, je distingue des kilomètres et des kilomètres de verdure découpés en carrés parfaits. Des dizaines de bassins d'un bleu-vert indéfinissable dont les pourtours scintillent. Vu de là-haut, le monde semble délibérément ordonné.

Mais je sais qu'il est bien plus que cela. Ou bien moins. Il est à la fois structuré et chaotique. Magnifique et bizarre.

Le Dr Chase ne voyait pas d'un bon œil ma décision de prendre l'avion si vite. Mais n'importe quoi peut arriver n'importe quand. La sécurité ne fait pas tout. Et il ne suffit pas d'être vivant pour vivre.

Je dois reconnaître que ma mère n'a rien fait pour m'empêcher de partir quand je lui en ai parlé hier soir. Elle a ravalé sa peur bien qu'elle ne soit toujours pas convaincue que je ne suis pas malade. Son cerveau de médecin s'efforce de concilier ce qu'elle croit depuis toujours et les preuves apportées par tous ces docteurs et tous ces examens. J'essaie de me mettre à sa place ; au lieu d'aller des causes aux effets, j'essaie de remonter la piste des effets pour comprendre les causes. Je retourne en arrière, encore et encore, pour finir toujours sur la même conclusion.

L'amour.

L'amour rend fou.

Et le perdre rend fou.

Ma mère aimait mon père. C'était l'amour de sa vie. Et elle aimait mon frère. L'autre amour de sa vie. Et elle m'aime. Encore l'amour de sa vie.

L'univers lui a pris mon père et mon frère. Pour elle, c'était le Big Bang à l'envers : tout, puis plus rien.

Je peux le comprendre.

Enfin… presque.

J'essaie, en tout cas.

– Quand comptes-tu rentrer à la maison ? a-t-elle juste demandé.

J'ai répondu la vérité :

– Je ne suis pas sûre que ce soit encore ma maison.

Elle a pleuré, mais ne m'a pas empêchée de partir, ce qui n'est déjà pas si mal.

Les nuages deviennent trop épais pour que je puisse voir quoi que ce soit. Je m'enfonce dans le fauteuil et relis *Le Petit Prince*. Comme à chaque nouvelle lecture, le sens me semble avoir changé.

LA VIE EST COURTE
(OU LA RUBRIQUE DU SPOIL, PAR MADELINE)

Le Petit Prince, d'Antoine de Saint-Exupéry

Attention, spoiler :
L'amour compte plus que tout.
Vraiment tout.

DANS CETTE VIE

Même à 9 heures un samedi matin, New York est aussi bruyante et bondée qu'on le dit. Les rues sont pleines de voitures avançant au pas et klaxonnant. Les trottoirs grouillent de gens qui évitent d'un cheveu de se percuter, comme si leurs mouvements étaient chorégraphiés. De la banquette arrière du taxi, je me laisse absorber par les bruits et les odeurs de la ville. J'ouvre grand les yeux pour y faire entrer tout ce nouvel univers que je découvre.

Je n'ai pas prévenu Olly de ce que je manigançais, juste qu'un cadeau l'attendait à la librairie d'occasion située près de chez lui.

J'ai imaginé nos retrouvailles pendant toute la durée du vol. Dans chacun des scénarios, on s'embrassait dans les trente premières secondes.

Le taxi me dépose devant la librairie *Au Vieux Bouquiniste.* Je pousse la porte et je devine aussitôt que je vais passer beaucoup de temps ici.

Le magasin n'est composé que d'une seule pièce, couverte du sol au plafond d'étagères qui croulent sous les livres et faiblement éclairée par des petits spots courant le long de chaque rayonnage. L'air est chargé d'une odeur que je ne lui aurais jamais imaginée : il sent le vieux, comme s'il était enfermé ici depuis très longtemps.

J'ai un quart d'heure devant moi avant qu'Olly arrive. Je parcours les allées, bouche bée devant tous ces ouvrages. J'ai envie de tous les toucher. D'ajouter mon nom à la liste des gens qui les ont lus avant moi. Je promène mon doigt sur leur dos. Certains sont si abîmés, si usés par le temps qu'on a du mal à déchiffrer le titre.

Je regarde mon téléphone : il est presque l'heure. Je me dirige vers le bout de l'allée des romans commençant par S-U, et je me cache. Mes papillons sont de retour.

Une minute plus tard, je le vois qui marche doucement en examinant les rayonnages.

Ses cheveux ont poussé. De grandes boucles indisciplinées adoucissent l'expression de son visage anguleux. Il ne porte plus seulement du noir. Enfin… son jean et ses baskets sont noirs, mais son T-shirt est gris. Et j'ai l'impression qu'il a grandi.

Après tout ce que j'ai vécu ces dernières semaines (les adieux à Carla, mon départ contre l'avis du Dr Chase, ma décision d'abandonner ma mère à sa tristesse), c'est de voir Olly si changé qui provoque en moi la plus grande panique. J'ignore pourquoi je m'attendais à le retrouver exactement pareil. Après tout, j'ai changé, moi aussi.

Il sort son téléphone pour relire mes instructions.

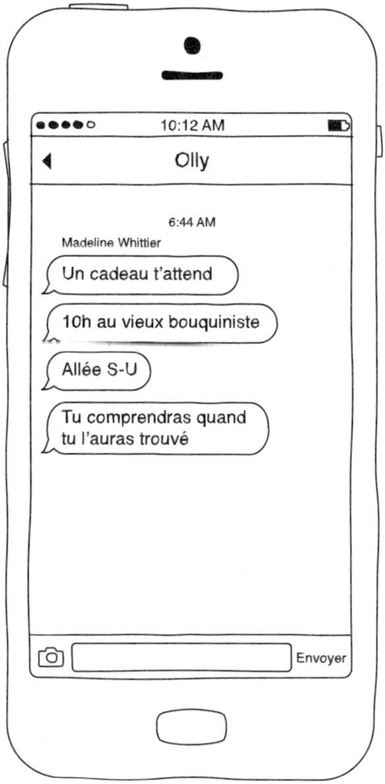

Il range son téléphone et reporte son attention sur les étagères. J'ai placé le livre bien en évidence, devant tous les autres, pour qu'il voie la couverture à coup sûr. Et ça marche. Sauf qu'au lieu de le prendre, il met les mains dans ses poches et le fixe du regard.

Il y a quelques jours, devant le planétaire, je m'interrogeais sur le moment décisif qui avait fait emprunter ce chemin à ma vie. Celui qui répondait à cette question : *Comment en suis-je arrivée là ?*

Mais il n'y a pas qu'un seul moment. Il y en a toute une série. Et votre vie peut partir dans des centaines de directions différentes. Peut-être existe-t-il des versions de votre vie correspondant à tous les choix que vous avez faits et tous ceux que vous n'avez pas faits.

Peut-être existe-t-il une version de ma vie où je suis bel et bien malade, finalement.

Et une autre où je meurs à Hawaï.

Une autre encore où mon père et mon frère survivent à leur accident, et où ma mère n'est pas détruite.

Il y a peut-être même une version de ma vie sans Olly.

Mais ce n'est pas celle-ci.

Enfin, il sort les mains de ses poches, prend le livre sur l'étagère et commence à le feuilleter. Il a un large sourire et ne peut s'empêcher de sautiller sur place.

Je quitte ma cachette et remonte l'allée vers lui.

Son sourire est la meilleure raison de vivre.

– J'ai trouvé ton livre, dit-il.

→ Si vous trouvez ce livre, choisissez votre récompense (plusieurs réponses possibles) :

- ~~Une plongée en masque et tuba avec moi (Madeline) au large de l'île de Molokini à la recherche du poisson emblème de l'État d'Hawaï, le « baliste écharpe », également appelé « humuhumunukunukuapua'a ».~~
- ~~Un tour avec moi (Madeline) dans une librairie d'occasion.~~
- Moi (Madeline).

Le Petit Prince

ÉCRIT ET ILLUSTRÉ PAR

ANTOINE DE SAINT-EXUPÉRY

folio junior

FIN

REMERCIEMENTS

Si vous êtes toujours là, à lire ces remerciements, c'est que vous êtes un lecteur vraiment consciencieux. Et, en tant que lecteur consciencieux de romans (et de leurs remerciements), vous savez qu'ils ne jaillissent pas en bloc du cerveau confus de leurs auteurs.

Tout d'abord, je voudrais remercier ma mère, qui a toujours rêvé de grandes choses pour nous deux. Non, Oprah ne m'a pas encore sélectionnée pour son cercle de lecture, maman. Mais ça pourrait arriver !

Quand j'étais enfant, en Jamaïque, mon père écrivait des critiques de films pour un journal local. Je trouvais cela (l'écriture) et le trouvais lui (mon père) parfaitement cools. Je le remercie donc de m'avoir montré qu'il était possible d'écrire des choses provenant de notre tête et susceptibles de toucher les gens.

Je me dois aussi de remercier les membres de l'atelier d'écriture et de picole du jeudi soir, à la faculté d'Emerson.

Vous vous reconnaîtrez, n'est-ce pas ? Vous êtes ma première famille d'écrivains, et quels écrivains talentueux, déments (et parfois sobres) vous êtes ! Je voudrais en particulier remercier Wendy Wunder pour sa générosité, son humour, et lui assurer qu'elle est l'un des meilleurs auteurs que je connaisse.

Merci également à Joelle Hobeika, Sara Shandler, Natalie Sousa et Josh Bank de Alloy Entertainment. Vous avez amélioré ce livre à tous points de vue. Mention spéciale pour Sara, véritable petit génie, et Joelle (tout aussi géniale) pour m'avoir fait rire et réconfortée, même lorsqu'elle me tendait douze pages recto verso en interligne simple de notes de révision.

Et puis, il y a Wendy Loggia. Avec une éditrice comme vous, j'ai vraiment tiré le gros lot. Merci pour votre vision, votre passion et votre gentillesse. Vous avez cru en ce livre dès les premiers mots, et cela vaut tout l'or du monde. Merci à vous et à toute l'équipe de Delacorte d'avoir réalisé mon rêve le plus grand, le plus vieux et le plus fou.

Enfin, à mon mari, David Yoon, merci d'avoir dessiné toutes ces choses merveilleuses à quatre heures du matin, entre un bisou et un café. Merci pour tout. L'amour. L'aventure. La famille. Cette vie. Je t'aime.

Henry à tout prix

de Kerry Cohen Hoffmann

Traduit de l'anglais (États-Unis) par Pascale Jusforgues

Zoé aime Henry.
Mais Henry quitte Zoé.
Zoé veut reconquérir Henry. À tout prix.

Zoé et Henry sont ensemble depuis six mois, lorsque le jeune homme lui annonce qu'il souhaite mettre un terme à leur histoire : il s'estime trop jeune pour vivre une relation amoureuse suivie. Henry veut consacrer son temps libre à jouer à la guitare au sein de son groupe de rock. Sous le choc, Zoé ne peut se résoudre à cette rupture et décide de regagner l'amour d'Henry. Aidée de ses deux meilleures amies, elle met en place une stratégie de « reconquête »....

Quand vient l'orage

de Marie-Hélène Delval

Il est des légendes qui jamais ne s'éteignent.

Que faire quand on est coincé pour les vacances dans un petit village de montagne, entre des parents qui ne cessent de se disputer, et immobilisé par une méchante entorse ? Antoine décide d'en profiter pour se mettre à l'écriture d'un roman – fantastique, bien sûr, le genre qu'il préfère ! Une légende locale lui fournit le début de son intrigue : l'histoire de deux cavaliers que l'on entend galoper les nuits d'orage, et d'une mystérieuse jeune fille, morte depuis neuf siècles, qu'il faut pourtant protéger...

Mais on devrait se méfier des histoires qui survivent au passage du temps. Car elles ont le pouvoir d'envoûter les garçons de seize ans, au point de les conduire sur des chemins dangereux...

Talitha Running Horse

d’Antje Babendererde

Traduit de l’allemand par Vincent Haubtmann

Talitha Running Horse est différente des autres Indiens lakotas de la réserve : elle est métisse et vit avec son père dans une caravane. Sa mère, une Blanche, les a abandonné quand elle était petite. Malgré tout, Talitha est heureuse : elle a une amie chère, elle aime dessiner et, surtout, elle est passionnée par les chevaux. Or, les nouveaux voisins de sa tante ont un petit élevage d’Apaloosas. Talitha se prend d’affection pour un poulain, qu’elle baptise Stormy. Et elle tombe sous le charme de Neil Thunderhawk, le fils du propriétaire... Mais, lorsque la caravane de son père est détruite, toute la vie de Talitha bascule...

À travers le portrait de Talitha, une jeune métisse courageuse, l’auteur de Lune indienne *nous parle de la vie des Indiens lakotas d’aujourd’hui, de leurs traditions, et du lien particulier qui les unit aux chevaux...*

Les jumeaux de l'Île rouge

de Brigitte Peskine

Cléa et Brice, des jumeaux nés à Madagascar, ont été adoptés par un couple de Français. Seize ans plus tard, si Brice semble bien dans sa peau, Cléa ne sait plus où elle en est : hostile, malheureuse, révoltée par le racisme dont elle se sent victime, elle inquiète ses parents au point que ceux-ci décident, comme une dernière tentative pour l'aider à surmonter son mal-être, de l'envoyer avec son frère passer l'été au pays de sa naissance.

Un roman initiatique et épistolaire poignant mais aussi un plaidoyer pour les jumeaux de Mananjary, à Madagascar, considérés comme « maudits », et encore aujourd'hui mis au ban de leur communauté.

Impression réalisée par
Rotolito

Imprimé en Italie